读给孩子的
时 令 古 词

编 著 | 绘 图

刘 洋 | [明]文徵明 等

朝華出版社
BLOSSOM PRESS

春

◎ 立春

◎ 春分

◎ 雨水

◎ 清明

◎ 惊蛰

◎ 谷雨

夏

◎ 立秋

◎ 处暑

◎ 白露

◎ 秋分

◎ 寒露

◎ 霜降

冬

附 录 ｜ **153**

春雨惊春清谷天，夏满芒夏暑相连。

秋处露秋寒霜降，冬雪雪冬小大寒。

润泽每一颗花儿般的童心

◎中华诗词学会副会长／高昌

　　《读给孩子的时令古诗》和《读给孩子的时令古词》，是两本美好的书。在这个不同寻常的夏天，读着这些来自久远年代的绝美诗篇，心头也荡漾着清凉的逸兴和柔情。捧在手上，有许多不同寻常的亲切，更有许多真挚的共鸣。优美的字词、清雅的格律、生动的物候、细致的解读，加上岁月的沉香，佐以精美的国画，又让这种共鸣添加了五彩斑斓的丰富和绚丽。

　　联合国教科文组织保护非物质文化遗产政府间委员会于2016年11月30日正式通过决议，将"二十四节气——中国人通过观察太阳周年运动而形成的时间知识体系及其实践"列入联合国教科文组织人类非物质文化遗产代表作名录。立春、雨水、惊蛰、春分、清明、谷雨、立夏、小满、芒种、夏至、小暑、大暑、立秋、处暑、白露、秋分、寒露、霜降、立冬、小雪、大雪、冬至、小寒、大寒，每一个节气的名字都充满诗意，纯粹而典雅，温润而清灵。关于每一个节气都有很多晶莹透亮的诗词，深沉而鲜活，健朗而厚重。土地的仁慈、岁月的深沉，以及翠绿的情怀、蔚蓝的乡愁，飘散着的光泽和热量，反复鸣奏的亲切主题，带我们回到遥远的时间剪影里去，回到嫩黄歌谣一样的柳丝和嫣红火焰一样的野花中间去，回到生长着万物生灵和清新梦想的美丽田野上去。

中国有诗国之称，二十四节气时令诗词更是灿如繁星，熠熠生辉，其美学魅力超越时空，在今天乃至将来都能唤起久远的心灵回响。孔子曰："不学诗，无以言。"这些经典的时令诗词不仅内容丰富多彩、语言优美凝练，还表达着美好的情感，寄寓着中华民族的传统美德和审美情趣，是民族文化的精华，也是一笔巨大的民族精神财富。

读一读这些时令诗词，仿佛在和古人交换亲切的心灵密码。这些有温度的文字就像会跳舞的小星星一样，闪耀着灿烂而美好的光芒，让每一段岁月都变得如沐春风，让每一双眼眸都变得清澈明亮。按二十四节气组合的时令诗词，列成最整齐的队伍徐徐而来，联结起美丽的光阴，把岁月的脚步装饰得芬芳而清新。童年就像一朵花儿慢慢开放，诗词就像甘露，润泽每一颗花儿般的童心。相信这里的每一行小小诗句，都能在童心的磷片上划出一小朵灿烂的火花，照亮每一个美好的小瞬间。

大诗人苏东坡说："腹有诗书气自华。"一个孩子的教养与家庭贫富无关，却更多地体现在孩子的内心世界里。在童年播种一粒诗词的花籽，就有可能收获一生的芬芳和明媚。让诗词的光芒照耀生命之河，孩子将来的世界里就会增添一份不一样的优雅、淡定和潇洒。

给孩子买的书，在质不在量；读给孩子的诗词，在精不在多。精美的国画、精彩的赏析、精准的时令解说，组合成最美妙、最清爽的情境空间，给孩子们带来最久远、最深刻的精神力量。人类最本真、最纯粹的情感，总是能唤起不同年代人们最广泛、最真实的心灵共鸣。

春

立春☉　初候，东风解冻。　二候，蛰虫始振。　三候，鱼陟负冰。

雨水☉　初候，獭祭鱼。　二候，候雁北。　三候，草木萌动。

惊蛰☉　初候，桃始华。　二候，仓庚鸣。　三候，鹰化为鸠。

春分☉　初候，玄鸟至。　二候，雷乃发声。　三候，始电。

清明☉　初候，桐始华。　二候，田鼠化鴽。　三候，虹始见。

谷雨☉　初候，萍始生。　二候，鸣鸠拂羽。　三候，戴胜降于桑。

虞美人

◎ 南唐·李煜

春花秋月何时了，往事知多少。小楼昨夜又东风，故国不堪回首月明中。

雕栏玉砌应犹在，只是朱颜改。问君能有几多愁，恰似一江春水向东流。

解 说

立春位列二十四节气之首，"立"就是开始的意思，立春意味着一年的开端。这个时候，东风来了，万物开始苏醒，寒冷的天气慢慢暖和起来，外面渐渐有了春天的影子。新的一年又开始了，有的人欢喜，有的人悲伤，有的人在庆祝功业，也有人在异乡流亡。词人，也就是南唐曾经的国君李煜，在小楼里感受到春风的时候，心里却更加难过。

李煜为什么难过呢？是因为在写这首词的时候，他已经被当作俘虏幽禁在北宋都城三年了。看到时光依旧在四季中流转，昨夜当小楼上吹来春风时，他又想起了自己还是帝王的时光。但现在呢，他已经从高高在上、吟诗作赋的国君沦落成阶下囚，之前那些美好的事物再也不可能拥有，只剩下绝望的

[明] 仇英

心情和憔悴的面容，想起往事怎会不伤心？所以李煜写道：我心里的愁苦，就像解冻之后朝东流去的春江水一样，没有止歇。

"故国"指已经覆灭的南唐。"朱颜"指当年青春焕发的容颜。

写春景、春色的词句有很多，比如"春色到人间，彩幡初戴""春山暖日和风，阑干楼阁帘栊""春犹浅，花信更须催"等。

青玉案·元夕

◎ 宋·辛弃疾

东风夜放花千树。更吹落，星如雨。宝马雕车香满路。凤箫声动，玉壶光转，一夜鱼龙舞。

蛾儿雪柳黄金缕，笑语盈盈暗香去。众里寻他千百度，蓦然回首，那人却在，灯火阑珊处。

解说

立春二候，小昆虫们开始飞动。元宵节，也就是古人所说的"上元"，一般在立春前后。元宵节的历史很悠久，早在秦朝就已经有这个节日。到了唐宋两代，南方北方都已经有赏花灯、耍龙灯、放烟花、猜灯谜、吃元宵的习俗。在元宵节晚上，王公贵族和平民百姓都会出门游玩，城市里面张灯结彩，热闹非凡。辛弃疾的这首词，就写了这么一幅节日的欢景。

词人眼前，夜空里纷纷扬扬的焰火好像被春风吹散的花朵，不远处有华丽的马车经过，空气里充满了香料的味道。天上的明月照耀着大地，鱼龙灯还在箫声中飞舞。这时城中的女子们戴着好看的首饰，伴着笑语和香味走在人群里。词人在人群中努力寻找一位女子的倩影，找了很久都没找到，正有

[明] 萧云从

点失落的时候，偶然回头，却很意外地看到她独自站在灯火稀疏的地方。

　　"凤箫"是一种箫，即排箫。"蛾儿雪柳"是元宵节晚上女子头上插的饰品。"蓦然"是忽然的意思。

　　描写元宵节的词句有很多，比如"去年元夜时，花市灯如昼。月到柳梢头，人约黄昏后""上元佳致。绛烛银灯，若繁星连缀""碧街如水，人影花凌乱"等。

卜算子·咏梅

◎ 宋·陆游

驿外断桥边，寂寞开无主。已是黄昏独自愁，更着风和雨。

无意苦争春，一任群芳妒。零落成泥碾作尘，只有香如故。

解 说

立春三候，"鱼陟负冰"。"陟"是上升的意思，"负冰"是说鱼在冰的下面，"鱼陟负冰"意思是说这时河里的冰还没完全融化，但已经能看到鱼儿们从水底浮上来，在冰面下游来游去。这段时间北方大地不时还会有风雪光顾，南方的风雨里也还有冬天的气息。蜡梅，也就是诗人们经常说的寒梅，就在这没褪尽的严寒中开着。陆游非常喜欢梅花，曾经写过一百多首歌咏梅花的诗词，最有名的就是这首《卜算子·咏梅》。

驿馆外面，空荡荡的断桥旁边寂寞地盛开着几枝寒梅，没有人来欣赏。已经到了黄昏，梅花独自开放，看上去有些愁苦，更何况还有凄风苦雨。其实，梅花并没有心思去和百花争抢春光，它有自己的主见和傲骨。就算是凋

[元]王冕

谢散落碾成泥土，它的香味永不散去。

"驿"是驿馆。"零落"指梅花凋零飘落。

写梅花的词句有很多，比如"天涯也有江南信。梅破知春近。夜阑风细得香迟。不道晓来开遍、向南枝""梅落繁枝千万片。犹自多情，学雪随风转""笛里三弄，梅心惊破，多少春情意""玉骨那愁瘴雾，冰姿自有仙风"等。

竹枝歌

◎ 宋·杨万里

积雪初融做晚晴，黄昏恬静到三更。

小风不动还知么，且只牵船免打冰。

解 说

立春之后的节气叫作"雨水"。因为春风解冻了万物之后，大地渐渐温暖湿润起来，草木就在水汽的滋润下开始生长，古代的五行学说讲"水生木"也是这个道理。雨水初候，"獭祭鱼"，是说这个时候水獭会趁机出来捕鱼，并把捕捉到的鱼摆在水边，好像在祭祀一样。这时河冰融化了，水底的鱼偶尔会跃上残留的冰面。这首词就描写了冰雪融化之后，水面行舟的景象。

词人写道：积雪融化了，黄昏的天空被洗刷得更加晴朗，这种清爽寂静的感觉一直持续到深夜。微风轻轻拂过，不再是刺骨的寒冷，旁边撑船的人小心翼翼地牵着船只，躲避着河面上那些还没融化的冰块。

傅抱石

　　"恬静"指人处在闲适、安静的状态。

　　此外还有不少描写春风的诗词，例如"一树春风万万枝。嫩于金色软于丝""多少恨，昨夜梦魂中。还似旧时游上苑，车如流水马如龙。花月正春风""暮寒凄冽，春风探绕南枝发""春风也到江南路。小槛花深处"等。

踏莎行

◎ 宋·秦观

雾失楼台，月迷津渡。桃源望断无寻处。可堪孤馆闭春寒，杜鹃声里斜阳暮。

驿寄梅花，鱼传尺素。砌成此恨无重数。郴江幸自绕郴山，为谁流下潇湘去？

解说

雨水二候，随着天气变暖，大雁开始从南方飞回到北方。大雁刚刚回来的时候，春风已经带来了温暖、湿润的气息，但残冬的寒气隐约还在，而初春的这种湿寒，常常会给人一种清冷的感受。

词人写道：朦胧的雾气把楼阁遮挡得模糊不清，昏暗的月色下，渡口也消失不见。我努力地远望，努力地寻找，可是怎么都找不到那片桃花林的尽头。春寒料峭的时候，就剩下我一个人孤单地住在馆舍里。夕阳西下，传来几声杜鹃的啼叫，真是凄凉无比。远方朋友的来信里写满了关心，可朋友的牵挂，却又触发了我心中的离愁。郴江啊，你本来是绕着郴山流淌的，为什么偏偏还要跑到湘江去呢？

[明]文徵明

　　"桃源"指像陶渊明《桃花源记》中的桃源一样美好的仙境。"鱼传尺素"指传递书信。"郴江"是湖南郴州地区的河水名。"潇湘"指湖南地区的湘江。

　　描写大雁北飞的词句还有"路逢新雁北来归，寄一字、燕山问""杜陵春，秦树晚。伤别更堪临远。南去信，欲凭谁。归鸿多北归""征鸿回北。正雪洗烧痕，千岩匀绿""倚阑干立尽，看东风、吹度柳绵飞。怕杜鹃啼杀，江南雁杳，游子何之"等。

凤栖梧

◎ 宋·柳永

伫倚危楼风细细。望极春愁，黯黯生天际。
草色烟光残照里。无言谁会凭阑意。

拟把疏狂图一醉。对酒当歌，强乐还无味。
衣带渐宽终不悔。为伊消得人憔悴。

解 说

　　雨水三候，花草树木开始萌芽、生长，耕地播种的时机也快要到了。无论生活在南方还是北方，最先感受到春天气息的往往是屋檐下、台阶上那些先长出来、先绿起来的小草。春天里植物的青绿是生命的颜色，意气风发的人在绿色里看到希望，伤心失意的人却因为这绿色而更加愁苦。这首词写的就是伤心失意之人初春登上高楼后的心情。

　　词人写道：我独自站在高楼上，迎面吹来了微风。抬头望向天边，我的心里涌起了愁思。远处夕阳的光辉照着碧绿的青草和缥缈的云雾，有谁能懂我现在的心情呢？本来想把自己灌醉，可是当举起酒杯唱着歌时，发现这种勉强得来的快乐也没什么意思。因为对她的那份思念，我的身形越来越消瘦、

高剑父

憔悴，可是我并不后悔。

"伫"是长时间站立。"危楼"就是高楼。"消得"是值得的意思。

描写春天草木萌动的词句还有很多，比如"醮坛春草绿，药院杏花香""云雨已荒凉，江南春草长""离恨恰如春草，更行更远还生""迟日香生草木，淡风声和琴书"等。

渔歌子

◎ 唐·张志和

西塞山前白鹭飞，桃花流水鳜鱼肥。

青箬笠，绿蓑衣，斜风细雨不须归。

解 说

惊蛰的"蛰"，意思是潜藏，指动物冬眠，藏起来不吃不动。在这段时间里气温回升更快，渐渐响起春雷的声音，惊醒了还在蛰伏的动物。不久之后，我们就能看到家里的昆虫又开始到处觅食。为了驱赶它们，古人会在惊蛰节气的当天点燃艾草，后来这种习俗也有了祛除霉运的含义。此外，有些地方民间至今还有惊蛰吃梨润肺的习俗。惊蛰初候，粉色的桃花逐渐盛开，这首词就描写了桃花盛开时的美景。

词人写道：天气回暖了，西塞山前面有白鹭在飞翔，山脚下盛开着粉红色的桃花，潺潺流水中游来游去的鳜鱼长得正肥。水面上停着渔船，船上的渔夫穿戴着青绿色的斗笠、蓑衣，在微风和细雨里垂钓。

傅抱石

"鳜鱼"又叫"花鲫鱼"。"箬笠"是用竹叶编织成的斗笠。

写桃花的词句还有"桃花柳絮满江城。双髻坐吹笙""浪花有意千里雪，桃花无言一队春""芳气霏微，薄衣料峭。何人正倚桃花笑""隔岸桃花红未半。枝头已有蜂儿乱""梅花落尽桃花小。春事馀多少"等。

秦楼月

◎ 宋·范成大

浮云集。轻雷隐隐初惊蛰。初惊蛰。鸧鸠鸣怒，绿杨风急。

玉炉烟重香罗浥。拂墙浓杏燕支湿。燕支湿。花梢缺处，画楼人立。

解　说

惊蛰二候，黄鹂开始鸣叫，鸟儿婉转的啼叫声给春天带来不少生机。这首写春天的词里就写到了惊蛰节气鸟儿们的声音。古人把黄鹂叫作鸧鹒，又叫黄莺、黄鸟，这种鸟儿的后背是灰黄色的，尾巴上有黑色羽毛，叫起来非常动听。

词人写道：乌云渐渐聚拢，天空中隐隐传来雷声，惊蛰节气到了。窗外鹁鸠鸟一声声急促地叫着，翠绿的杨柳枝条随风飞舞。这时，窗口细雨打湿了香炉里的熏香，打湿了那面墙上盛开的红杏。我站在窗前，透过那片花枝望去，不远处楼阁上站着的倩影映入眼帘。

"鹁鸠"又叫鹁鸪，在南方，春天快要下雨的时候能听到它们急促的叫

[清]金农

声。"浥"就是湿润的意思。"燕支"是古代一种能做成胭脂的花。

　　描写春天黄鹂鸣的词句有很多，比如"绿杨春雨。金线飘千缕。花拆香枝黄鹂语""两两黄鹂色似金。袅枝啼露动芳音""何物最关情。黄鹂三两声""小院雨新晴。初听黄鹂第一声"等。

菩萨蛮

◎ 唐·韦庄

人人尽说江南好，游人只合江南老。春水碧于天，画船听雨眠。

垆边人似月，皓腕凝霜雪。未老莫还乡，还乡须断肠。

解　说

惊蛰三候，"鹰化为鸠"。"鸠"就是布谷鸟，也叫杜鹃、子规，是传说中古蜀国皇帝杜宇的化身，"鹰化为鸠"指的是天地温润和煦的气息把凶猛的鹰变成了温顺的杜鹃，是一种象征的说法，象征着时令、天气之间的更替变化。此时，到处都能听到布谷鸟的啼叫声，仿佛是在提醒农人们赶快播种。江南的春天也是温和的，这首词写了江南的春景，也写了江南的佳人。

人人都夸江南的风景好，还说外来的游人应该在江南住上一辈子。那么江南有多美呢？春天，这里的湖水比天空还蓝，人们可以待在漂亮的船上，听着春风和细雨的声音进入梦乡。还有那街边卖酒的女子，面容清秀，像皎

[明]文徵明

洁的月光，手腕白皙，像洁白的冰雪。江南的景和人都这么美，所以既然来了，那不到年老就不要返回故乡，否则一定会伤心遗憾的。

"垆"是古时候酒店里面放酒坛的台子。

描写江南春景、记录江南回忆的诗词有很多，比如"因梦江南春景好。一路流苏羽葆""闲梦江南梅熟日，夜船吹笛雨萧萧""江南春近书千里，谁寄清香""暮霰寒依树，娇云冷傍人。江南谁寄一枝春""家住江南烟雨，想疏花开遍，野竹巴篱"等。

定风波

◎ 宋·苏轼

莫听穿林打叶声，何妨吟啸且徐行。竹杖
芒鞋轻胜马，谁怕？一蓑烟雨任平生。

料峭春风吹酒醒，微冷，山头斜照却相迎。
回首向来萧瑟处，归去，也无风雨也无晴。

解 说

春分是二十四节气中的第四个节气。这一天昼夜的长短完全一样，并且
到了春分，意味着春季过去了一半，所以叫作"春分"。民间有在春分这一
天采春菜、熬春汤、吃韭菜等习俗。春分的初候，燕子飞回北方了，暖暖的
春风吹在身上，格外清爽。

词中写道：别去管那些穿过山林的风声了，倒不如痛快地吟诗长啸着慢
慢朝前走。我穿着草鞋，扶着竹杖，披着蓑衣，感觉比骑马还要轻松愉快，
即便有风吹雨打，又有什么好怕的？春风吹醒了微微酒醉的我，天气有点凉，
但山头上的阳光正照在身上，十分温暖。我回头望了望刚才在风雨中走过的

[清]石涛

路，转身继续朝前走，心里不会记挂经历过的风雨，也不庆幸遇到的晴天。

　　描写春燕的词句有很多，比如"新春燕子还来至。一双飞""春地满飘红杏蒂，春燕舞随风势""朱雀桥边，何人会道，野草斜阳春燕飞""燕子飞来花在否，微雨退、掩重门。正满院梨花雪照人""燕子池塘，黄鹂院落，海棠庭户"等。

一剪梅·舟过吴江

◎ 宋·蒋捷

一片春愁待酒浇。江上舟摇，楼上帘招。秋娘渡与泰娘桥，风又飘飘，雨又萧萧。

何日归家洗客袍？银字笙调，心字香烧。流光容易把人抛，红了樱桃，绿了芭蕉。

解 说

春分二候，春雷滚滚，春雨潇潇，万物在雨水的滋润下努力生长，粉红色的樱桃花也开了。古时候，农人们听到春雷的声音都会很高兴，因为春雨过后，农田里的庄稼会长得更快、更好。但是文人听到春天的雷声、雨声就不一定开心了，有时还会像蒋捷一样，感慨时光流逝，也感慨自己的遭遇。

词人写道：春天了，可我心里却闷闷不乐，只好去借酒消愁。船儿在江面上行驶，楼上的帘子迎风飘着。我路过了渡口，路过了小桥，沿路春风吹着，春雨也跟着下个不停。唉！究竟什么时候才能回家，把我身上这套落满风尘的衣服好好洗一下呢？点起熏香，吹一吹手边的笙来排遣春愁。想想看，时光一刻不停地流转，樱桃已经红了，芭蕉也已经绿了，又是一个春天，可

傅抱石

我却还是身不由己，无可奈何。

"秋娘渡"和"泰娘桥"，都是地名。

写雷声的词句有"巴雷隐隐千山外，更作章台走马声""春雷初启户。枕水卧漱石，数间屋，梅一坞""又说春雷鼻息，是卧龙、弯环如许""闲将玉笛吹。过云微雨散轻雷""春晓轻雷，采蘋洲上清明雨""轻雷殷殷，小枕惊回，帘影摇庭户"等。

忆秦娥·上巳

◎ 宋·刘克庄

修禊节。晋人风味终然别。终然别。当时宾主，至今清绝。

等闲写就兰亭帖。岂知留与人闲说。人闲说。永和之岁，暮春之月。

解 说

春分三候，开始出现闪电。春雨伴随着电闪雷鸣从天而降，庄稼渐渐长高，柳树、杨树也都抽出了嫩绿的新叶，古人常在这段时间去郊外踏青、游玩。上巳节，古人也称"修禊节"。古时候，在这个节日大家会佩戴着兰花或者杜若出门，文人们还会邀请几位好友，在水边吟诗、饮酒。这首词就追忆了"书圣"王羲之在上巳节和朋友们在兰亭聚会的故事。

上巳节又到了，可东晋那些名人聚会时的洒脱风采却不会再有。想想当时来聚会的人物，现在看来，也真是清雅绝俗啊。王羲之当年很随意就写下了《兰亭序》，他又怎么会料到，这幅作品竟然成了后人千百年来津津乐道的话题。一到上巳节，后人总要谈起王羲之当年和朋友们聚在兰亭的那个春天。

[元]赵孟頫

"永和"是东晋穆帝的年号，"永和之岁"指的是"永和九年"，即王羲之邀请朋友在兰亭集会那年。

古代写上巳节的词句还有很多，比如"令岁清明逢上巳。相思先到溅裙水""曲水流觞修禊事，被除洗净春愁""上巳风光好放怀。忆君犹未看花回。茂林映带谁家竹，曲水流传第几杯""清明上巳西湖好，满目繁华。争道谁家。绿柳朱轮走钿车"等。

破阵子·春景

◎ 宋·晏殊

燕子来时新社，梨花落后清明。池上碧苔三四点，叶底黄鹂一两声。日长飞絮轻。

巧笑东邻女伴，采桑径里逢迎。疑怪昨宵春梦好，元是今朝斗草赢。笑从双脸生。

解 说

清明时节，春雨过后，气温升高了，舒适宜人的天气和青翠欲滴的草木给人清爽、明净的感觉，所以叫"清明"。清明还是一个传统节日，又叫踏青节、三月节、祭祖节等。这一天人们会扫墓、祭祀祖先来寄托哀思，也会去郊外种柳树、折柳枝、荡秋千、斗草，感受明媚的春光。清明初候，桐树上白色、紫色的花开了，洁白的梨花却开始凋落。这首词写的是明媚的春天里女孩子们欢笑、游戏的情境。

燕子飞来时正赶上了社祭，等到梨花凋落，清明节就到了。青草点缀着池子里的清水，绿叶里传出黄鹂清脆的叫声，天气变暖了，柳絮在阳光下到处飞舞。邻居家的那些女孩儿在采桑的路上相遇了，她们笑着闹着玩着斗草的游戏。游戏赢了的人或许会想，原来昨晚的好梦，喻示着今天斗草时会大

[明]陈洪绶

获全胜啊。

"斗草"是古代民间的一种游戏，也叫斗百草。

描写桐树、桐花的词句有很多，比如"相见处，晚晴天。刺桐花下越台前""桃李纷纷春事催。桐花风定牡丹开""桐花庭院近清明，新烟浮旧城""桐花半亩，静锁一庭愁雨""拆桐花烂漫，乍疏雨、洗清明""只道春寒都尽，一分犹在桐花"等。

菩萨蛮·书江西造口壁

◎ 宋·辛弃疾

郁孤台下清江水，中间多少行人泪。西北望长安，可怜无数山。

青山遮不住，毕竟东流去。江晚正愁余，山深闻鹧鸪。

解 说

清明二候，"田鼠化鴽"，是说随着气温回升，春暖花开，天地间的阳气越来越盛，这时田鼠都不见了，小鸟反而多了起来，在田野里飞来飞去。在古人看来，田鼠在阴冷的地方出没，属于阴类，而小鸟在明亮温暖的地方出现，属于阳类。等到天气变暖时，阳气多于阴气，这时属于阴类的动物就和阴气一样消失了，而喜阳的动物们纷纷出来活动。这首词提到了鸟儿在山里啼叫的场景。

词人写道：郁孤台下赣江的水在奔腾，我站在这里，忍不住要想，这江水里流淌过多少行人游子的眼泪啊！我抬头向西北的方向看看汴京城，却被一座座青山阻隔了视线。可这些青山即便能阻挡我的视线，却阻挡不了向东

[宋]米友仁

奔流的江水。夜色近了，我正在愁苦时，群山深处传来了鹧鸪的啼叫声。

这里的"长安"并不是指汉唐故都长安，而是指北宋的都城汴梁。

古词里还有不少写鸟鸣、鸟啼的词句，比如"红粉楼前月照，碧纱窗外莺啼""蝶舞梨园雪，莺啼柳带烟""沙上不闻鸿雁信，竹间时听鹧鸪啼""碧树留云湿，青山似笠低。鹧鸪啼罢竹鸡啼""鹧鸪声里蛮花发。我共扁舟，江上两萍叶"等。

玉楼春·春景

◎ 宋·宋祁

东城渐觉风光好。縠皱波纹迎客棹。绿杨烟外晓寒轻，红杏枝头春意闹。

浮生长恨欢娱少。肯爱千金轻一笑。为君持酒劝斜阳，且向花间留晚照。

解 说

清明三候，彩虹出现了。清明前后多雨，雨过天晴时，经常能在天空中看到七彩的彩虹。这段时间，杏花也开了，点缀着春天的风景。从开放到凋谢，杏花的颜色会逐渐变浅，刚开的时候是粉红色，盛开时颜色渐渐变成淡粉，凋谢时就已经接近白色。古时候，文人们很喜欢在杏花、桃花树下喝酒，认为这是一种风雅的乐事。宋祁的这首词，就写了在春天喝酒赏花的开心事。

词人写道：春天到了，东城的风景很美，湖面上荡漾着轻纱一样的波纹，迎接游船到来。清晨，碧绿的杨柳笼罩在雾气里，到处弥漫着凉意，鲜艳的杏花在枝头开得正好。人们总是在抱怨人生欢乐的时光太少，可是又有谁会为了钱财而放弃美人的回眸一笑呢？我举起酒杯，劝那斜阳多逗留一会儿，好让诸位在这花丛之中留下美好的回忆。

[清] 王翚

　　"縠皱"就是带着褶皱的轻纱。"肯爱",怎么会舍不得。

　　写雨后彩虹的词句有很多,比如"天际彩虹垂。风起痴云快一吹。原隰畇畇,春水更弥弥""雨霁彩虹卧,半夜水明楼""还惊笑,向晴波忽见,千丈虹霓""正落日垂虹,怎赋登临意""平湖阁上,正残虹挂雨,微云擎月"等。

蝶恋花·春景

◎ 宋·苏轼

花褪残红青杏小。燕子飞时，绿水人家绕。
枝上柳绵吹又少。天涯何处无芳草。

墙里秋千墙外道。墙外行人，墙里佳人笑。
笑渐不闻声渐悄。多情却被无情恼。

解 说

　　谷雨是春季的最后一个节气，因为这段时间雨水滋润着百谷生长，所以叫作"谷雨"。牡丹花就在谷雨前后开放，所以也叫作"谷雨花"。民间传说谷雨这天喝茶能辟邪，直到今天，南方依然有在谷雨时采新茶、泡新茶的习俗。谷雨初候，水面上漂起了浮萍，也就是水草。这个时候杏树上的花落了，果实慢慢长了出来。这首词表达了对即将逝去的春天的眷恋。

　　春天开的花儿开始凋零，杏树上长出了青涩的果实。燕子飞过了天空，清澈的河水绕着民居流过。柳絮越来越少了，不过也不必担心，这时候到处都有花花草草。在围墙里面，有佳人在荡秋千，欢快的笑声传到了墙外行人的耳朵里。笑声渐渐听不到了，行人有些失落，那种感觉就好像是多情的自

[明]文徵明

己在为无情的佳人伤心一样。

　　描写浮萍的词句有很多，比如"莺飞翠柳摇，鱼跃浮萍破""浮萍不碍
鱼行路。细数鱼来去""絮不生萍，水疑浮玉，此景正宜舒啸""南北东西何
时定，看碧沼、青萍无数""吴山相对越山青。湘水一春平。粉字情深题叶，
红波香染浮萍"等。

浣溪沙

◎ 宋·苏轼

山下兰芽短浸溪，松间沙路净无泥。萧萧暮雨子规啼。

谁道人生无再少？门前流水尚能西！休将白发唱黄鸡。

解 说

谷雨二候，"鸣鸠拂羽"。"鸠"就是布谷鸟、子规，"拂"是鸟儿飞翔时抖动翅膀的动作。这时布谷鸟啼叫着在田野里飞来飞去，农民们种下高粱、谷子等庄稼。在古时候，如果这段时间没下雨，就会被当作是荒年的预兆。这时，词人去蕲水边的清泉寺里游玩，这首词就记录下了当时出游的见闻。

清泉寺紧挨着兰溪，溪水正缓缓向西流淌着。山脚下刚长出来的嫩芽浸润在溪水里，松林间的沙路松软干净。傍晚了，下起了小雨，林子里传来布谷鸟的叫声。是谁说人不能回到少年时期呢？看，那门前的流水都能向西边流去，所以不要因为时光流逝而难过了。

溥儒

　　"萧萧"形容下雨时淅淅沥沥的声音。"唱黄鸡"是感慨时光流逝的意思，"黄鸡"可以报晓，这里借用黄鸡来指光阴流转。

　　写春天布谷鸟飞翔、啼叫的词句还有很多，比如"春夜阑，春恨切。花外子规啼月""子规啼破相思梦。曙色东方才动""花尽叶长蚕又抱。子规啼未了"等。

浣溪沙

◎ 宋·晏殊

一曲新词酒一杯，去年天气旧亭台。夕阳西下几时回？

无可奈何花落去，似曾相识燕归来。小园香径独徘徊。

解 说

谷雨三候，桑树长出了幼嫩的绿叶，戴胜鸟降落在桑树上，采集桑叶养蚕的时候也快到了。戴胜鸟又叫花蒲扇、山和尚、鸡冠鸟，外形很特别，头顶上有五彩的羽毛，像戴着一顶花冠一样，在古人眼里它是吉祥的象征。这时，春天接近尾声，天气越来越热，带着伤春、悲春的情感，词人们写下不少名作，这首词就是其中之一。

黄昏了，词人刚听了一支新曲，饮下一杯美酒。他举目四望，现在的天气、楼台都跟去年的情景一模一样，只可惜太阳已经西沉了。他感慨着，虽然不忍心看着春天开的那些花儿凋谢，但也无可奈何、无能为力啊。屋檐上

[元]赵孟頫

飞来了似曾相识的燕子，词人心中有些伤感，孤独地在花园里的小路上徘徊。

　　"似曾相识"的意思是好像曾经见过。"徘徊"是来回走。

　　描写谷雨时节晚春景象的词句还有"几许暮春清思，未知芍药，先拟荼
蘼""红疏疏。紫疏疏。可惜飘零著地铺。春残心转孤""游人绝。绿阴满野
芳菲歇。芳菲歇。养蚕天气，采茶时节""卷尽残花风未定。休恨。花开元
自要春风"等。

夏

立夏⊙　初候，蝼蝈鸣。　　二候，蚯蚓出。　　三候，王瓜生。

小满⊙　初候，苦菜秀。　　二候，靡草死。　　三候，麦秋至。

芒种⊙　初候，螳螂生。　　二候，鵙始鸣。　　三候，反舌无声。

夏至⊙　初候，鹿角解。　　二候，蜩始鸣。　　三候，半夏生。

小暑⊙　初候，温风至。　　二候，蟋蟀居壁。　　三候，鹰始挚。

大暑⊙　初候，腐草为萤。　　二候，土润溽暑。　　三候，大雨时行。

卜算子·送鲍浩然之浙东

◎ 宋·王观

水是眼波横，山是眉峰聚。欲问行人去那边？眉眼盈盈处。

才始送春归，又送君归去。若到江南赶上春，千万和春住。

解 说

立夏初候除了天气转热之外，还有一个明显的标志，就是在草丛中、田野里逐渐能听到小昆虫的鸣叫声。这种小昆虫，就是古人说的"蝼蝈"。在周朝时，天子会在立夏这天穿着朱红色的礼服，率领文武百官去郊外举行祭祀炎帝和祝融的仪式，迎接夏天的到来，并勉励百姓抓紧耕种。立夏还意味着那个百花绽放、生机勃勃的春天已经彻底结束了，给人带来些许伤感，就像这首词所表达的那样。

词人写道：终于还是到了分别的时候，眼前的水好像美人流转的眼波，远处的山仿佛是美人微蹙的眉峰，一切都是那么美好，却又流露着哀愁。望着好友的背影渐渐消失在山水之间，词人忍不住感慨：刚刚送走了春天，现在连你也离我而去了，美好的时光总是这么短暂；不过，如果你去了江南还

[清] 王时敏

能赶上那里的春天，一定要停下脚步，好好享受春光啊！

"眼波"比喻目光像晶莹的水波一样流动。"行人"指即将离开的人。

同样感慨春天逝去、描写立夏时节景致的词句还有"樱桃落尽春归去，蝶翻金粉双飞""烂漫春归水国时。吴王宫殿柳丝垂""逢人借问春归处。遥指芜城烟树。收尽柳梢残雨，月闯西南户"等。

点绛唇

◎ 宋·无名氏

蹴罢秋千，起来慵整纤纤手。露浓花瘦。薄汗轻衣透。

见客入来，袜划金钗溜。和羞走。倚门回首。却把青梅嗅。

解 说

立夏二候，"蚯蚓出"。苏醒的蚯蚓们开始活动，频繁地在土里穿梭，松动着土壤，给生长着的植物提供更好的养分。这时候的梅子树枝叶长得更加茂盛，已经结出了青绿色的果实，散发出清幽的果香，十分诱人。成熟的青梅点缀了幽静的庭院，也隐匿了少女的娇羞。这是怎么回事？答案就在这首词中。

词人写道：荡完秋千的少女沉浸在嬉戏的喜悦中，她慵懒地揉搓双手，身旁的花枝上还挂着晶莹的露水。此时的她也像那纤细的花枝一样，微微的汗水浸透了薄薄的衣衫。突然听到外面来了客人，她顾不上穿好鞋，含羞跑开，插在发间的金钗也应声滑落在地。她在匆忙中悄悄回头看，又怕被客人

[清]陈枚

发现自己的慌张，于是低下了头，假装是在闻梅子的清香。

"蹴"就是踏，这里指荡秋千。

写青梅的词句还有很多，比如"况庭有幽花，池有新荷。青梅煮酒，幸随分、赢得高歌""青梅如豆，断送春归去。小绿间长红，看几处、云歌柳舞""谩摘青梅尝煮酒，旋煎白雪试新茶。明月上檐牙"等。

桃源忆故人

◎ 宋·苏轼

华胥梦断人何处。听得莺啼红树。几点蔷薇香雨。寂寞闲庭户。

暖风不解留花住。片片著人无数。楼上望春归去。芳草迷归路。

解 说

立夏三候，瓜果们也渐渐结出了带着花蒂的果实，古人用王瓜作为这个时段的标志。古人所说的王瓜是一种有藤蔓，生长在宅院、墙角的植物。在结出果实的王瓜旁，一种生长在篱笆间的花也盛开了，那就是蔷薇。雨后带着露珠的蔷薇花唤起了文人们对故人的怀念，他们在花下回忆着过去彼此陪伴的时光。

词人写道：我从美梦中醒来了，梦里的你如今又在何处呢？我坐起来，听到黄莺的啼叫声，抬头看到窗外蔷薇花上的露珠像雨滴一样滴滴答答掉落，汇成水流，寂寞地在庭院中流淌。这时的暖风不但不挽留花儿，反而把花儿们吹落，一片片掉在行人身上。我起身站在楼上向外望去，春天已经结束了，

[宋]马远

只看到那满地都是茂盛的花草，遮掩着眼前的归途。

"华胥"是美梦的代称。"红树"指盛开红花的树木。

描写蔷薇花的词句还有很多，比如"苍翠浓阴满院，莺对语，蝶交飞。戏蔷薇""看半砚蔷薇，满鞍杨柳""蔷薇花落，故园胡蝶，粉薄残香瘦"等。

青玉案

◎ 宋·贺铸

凌波不过横塘路。但目送、芳尘去。锦瑟华年谁与度。月桥花院，琐窗朱户。只有春知处。

飞云冉冉蘅皋暮。彩笔新题断肠句。若问闲情都几许。一川烟草，满城风絮。梅子黄时雨。

解 说

小满是夏天的第二个节气，之所以叫"小满"，跟每年的这个时候北方大麦等谷物渐渐饱满有关。古时候传说蚕神诞生在小满这一天，江浙地区今天还有在小满时祭祀蚕神的活动。小满的初候，南方的苦菜长大了，梅子也成熟了，可以采来吃了。外面偶尔还会下些细雨，雨后庄稼会长得更好，文人却被连绵的细雨勾起了思念。

词人写道：她迈着轻盈的步子远去了，我不能越过横塘继续送她了，只能看着她离开。以后还有谁陪她度过美好的时光呢？可能只有春天的月桥花院，还有那雕花的窗和朱红的门了吧。傍晚了，天空中依旧云卷云舒，我拿起笔写下这些充满忧伤的词句。唉，这时我心中的忧愁，就像那满地的烟草，就像外面满城飞舞着的柳絮，就像梅子成熟时的小雨，无边无际，没有穷尽。

[明]仇英

　　"凌波"形容女子步态轻盈。"锦瑟华年"指美好的青春。"蘅皋"指的是沼泽中长着香草的高地。

　　描写黄梅时节的词句有很多，比如"绿阴初过黄梅雨。隔叶闻莺语""黄梅雨入芭蕉晚。凤尾翠摇双叶短""细雨黄梅初熟，微风燕子交飞。手拈团扇写新题。心事恹恹难寄""恼烟撩露。留我须臾住。携手藕花湖上路。一霎黄梅细雨"等。

点绛唇

◎ 宋·张孝祥

萱草榴花，画堂永昼风清暑。麝团菰黍。助泛菖蒲醑。

兵辟神符，命续同心缕。宜欢聚。绮筵歌舞。岁岁酬端午。

解 说

小满二候，阳光越来越强烈，喜阴的靡草受不了日照而枯萎了。古人说的靡草，多指现在的荠菜以及一种名叫"葶苈"的中药。小满有时会遇上端午节，端午节在民间除了有赛龙舟、吃粽子、佩戴香囊的习俗之外，文人们还会借此机会小聚饮酒，吃有植物香味的点心，既是为了去除暑气，也是为了颐养心神。这首词就写了宋代文人在端午节的雅集活动。

词人写道：又是一年的端午节，外面的萱草和石榴都开花了，明晃晃的阳光很早就照亮了屋子，屋里摆放的点心、菖蒲酒散发出诱人的香味。陆续进来的人们佩戴着用彩色丝绳编织成的配饰，聚在一起饮酒唱歌，欢笑声不断。

[清]郎世宁

　　"萱草"又叫忘忧草，即我们现在常说的黄花菜。"兵辟神符"指的是端午节佩戴的五彩绳、香草、香囊等相传可以驱邪的饰品。

　　描写端午节的词句还有"角黍横龟枕，兰房挂艾人。一尊菖歜泛清醇""兰条荐浴，菖花酿酒，天气尚清和""纵使菖蒲生九节，争如白发长千丈。但浩然一笑独醒人，空悲壮"等。

南歌子

◎ 宋·万俟咏

梅夏暗丝雨，麦秋扇浪风。香芦结
黍趁天中。五日凄凉今古、与谁同。

解 说

小满三候，麦子等谷物的种子越来越饱满，有些已经开始成熟。在陕西某些地区还有一个习俗，就是小满麦子快熟时，出嫁的女儿要回娘家探亲，女婿要携带油旋馍、油糕、猪肉、黄杏等食品去丈人家里相聚，并给这个日子起名，叫"看忙"。当然，这个时候有享受欢聚的人，也有只能独自望着麦浪出神的人。

词人写道：细碎的小雨过后，天气越来越热。田野里的麦子已经长起来了，大片的麦子在风的吹拂下像浪花一样舞动着，包裹在麦穗里的谷粒有的已经成熟。庄稼人趁着天气晴朗，在麦田里忙碌着。虽然辛苦，却也有家人

[清]王时敏

陪伴，生活十分充实。而我却独自待在这里，这种凄凉的感觉谁能领会呢？

描写小满时节农田景象的词句还有"风入虞弦，麦秋向晚梅天润。彩丝长命斗新奇，还是端阳近""麦秋天气，正玉杓斡暑，熏弦鸣律""雨断翻惊浪，山暝拥归云。麦秋天气，聊泛征棹泊江村"等。

苏幕遮

◎ 宋·周邦彦

燎沉香，消溽暑。鸟雀呼晴，侵晓窥檐语。
叶上初阳干宿雨，水面清圆，一一风荷举。

故乡遥，何日去？家住吴门，久作长安旅。
五月渔郎相忆否？小楫轻舟，梦入芙蓉浦。

解 说

芒种的"芒"指的是大麦、小麦等长着芒刺的农作物，"种"指的是种子或者播种。每年这时，晚种的谷物庄稼开始播种，早种的小麦可以收割，农田里到处都是忙碌的身影。在芒种的初候，螳螂等昆虫在田野里活动，荷花也开了，江南的天气十分宜人，惹得离开家乡的游子思念不已。

词人在屋里点燃沉香，用香味来消除夏天潮湿的暑气。天快亮了，窗外的鸟雀叽叽喳喳鸣叫着，仿佛在盼望着雨过天晴。他走到门外，看到清晨的阳光晒干了荷叶上的雨水，荷花开得正好，荷叶漂在水面上，十分娇嫩。看到这些风景，词人想起他遥远的故乡，不禁感慨："又到了五月，江南最美的时候，可我什么时候才能回去呢？"他家本在江南，却不得已在京城待了

［清］冷枚

这么久，也不知道故乡儿时的伙伴是否会想起他。不久前他还梦到自己划着一叶扁舟，驶入小时候常去的荷花塘。

　　"溽暑"指的是潮湿的暑气。"侵晓"指天快亮的时候。

　　描写江南五月风景的词句还有"唤云且住。莫作龙池舞。五月人间须好雨""五月榴花妖艳烘。绿杨带雨垂垂重""纤云扫迹。万顷玻璃色。醉跨玉龙游八极。历历天青海碧"等。

酒泉子

◎ 清 · 纳兰性德

谢却荼蘼，一片月明如水。篆香消，犹未睡，早鸦啼。

嫩寒无赖罗衣薄，休傍阑干角。最愁人，灯欲落，雁还飞。

解 说

芒种二候，伯劳鸟开始啼叫。伯劳鸟，民间又叫百劳、胡不拉，经常在草坡或农田里活动，吃昆虫、蛙类，也吃蜥蜴，习性比较凶猛，在古人眼中是一种恶鸟。这个时候万物还在生长，荼蘼花却已经凋谢了，容易引发人的愁绪，就像这首词表达的那样。

词人写道：月光像水一样洒在安静的夜里，那些白色的荼蘼花已经凋谢了。夜深了，篆香已经燃尽，早起的乌鸦已经开始啼叫，可我还是睡不着。清晨的凉气穿过身上微薄的衣服，我不禁打了个寒战。唉，我就不要再去倚

[明]汪中

着栏杆远望了，这种看到灯火快要燃尽、鸿雁飞过的情景最让人难过。

描写荼蘼花开花谢的词句还有"想芳韶犹剩，牡丹知处，也须些个，付与荼蘼""千钟尚欲偕春醉，幸有荼蘼与海棠""但无聊病酒厌厌。夜月荼蘼院"等。

浣溪沙

◎ 宋·苏轼

籁籁衣巾落枣花。村南村北响缲车。牛衣古柳卖黄瓜。

酒困路长惟欲睡，日高人渴漫思茶。敲门试问野人家。

解　说

　　芒种三候，百舌鸟的啼叫声渐渐少了，枣花开始掉落，枣树上结出了小小的果实。古人又称百舌鸟为"反舌"，因为它的叫声音调常常会反复重叠几次。到了这时，天气干燥炎热，鸟儿也无精打采，人也时常昏昏欲睡。这首《浣溪沙》就描写了枣花掉落时村庄里的景象。

　　词人写道：树上的枣花籁籁掉落在行人的衣服上，村里响起了缫丝的声音，古树下还有一个农人在叫卖着黄瓜。路途遥远，太阳烤着大地，我感觉昏昏沉沉的，好想停下来睡一觉，无奈口渴难忍，还是先随便去哪里找点水喝吧。我去敲敲村民的屋门，问问能不能要到一碗茶喝。

［明］萧云从

　　"缫"通"缲"，是指把蚕茧泡在热水里，然后抽出蚕丝。

　　描写枣花的词句还有"月榭疏影照婵娟。闲临小玉盘。枣花金钏出纤纤。棋声敲夜寒""枣花金钏约柔荑。昔曾携。事难期。咫尺玉颜，和泪锁春闺""乱峰怪石毵围墙，墙里人家一半枣花香"等。

清平乐·村居

◎ 宋·辛弃疾

茅檐低小，溪上青青草。醉里吴音相媚好，白发谁家翁媪？

大儿锄豆溪东，中儿正织鸡笼。最喜小儿亡赖，溪头卧剥莲蓬。

解 说

夏至是二十四节气中的第十个节气，"至"是极端的意思，古人认为夏至日是一年里阳气最盛的时候，在这一天要演奏音乐、表演舞蹈来祭祀大地。古时候，夏至还被当作一个节日，宋代会在夏至日给官员放假。过了夏至，炎热的夏天就真正到了，气温还会升高，荷花继续盛开，莲蓬中已经能剥出清热解毒的莲子。这首词就写到了剥莲蓬的场景。

词人写道：矮小的茅草屋檐对面是一条小溪，溪边长满了碧绿的小草。耳边传来温柔的吴语，让人心醉，那个讲话的白发老人是谁呢？抬眼望去，看到大儿子正在溪东边的豆田里锄草，二儿子忙着编织鸡笼。最惹人喜爱的

齐白石

是小儿子，他正躺在溪头草丛旁，剥着刚摘下的莲蓬。

　　"吴音"指吴地的方言。"亡（wú）赖"指小孩子顽皮、淘气。

　　描写莲蓬的词句还有很多，比如"翠贴莲蓬小，金销藕叶稀""细听催诗点。一尊已咏北窗风。卧看雪儿纤手、剥莲蓬""莲蓬摘下留空柄，把向船前探水深"等。

昭君怨

◎ 宋·陆游

昼永蝉声庭院。人倦懒摇团扇。小景写潇湘。自生凉。

帘外蹴花双燕。帘下有人同见。宝篆拆官黄。炷熏香。

解 说

夏至二候，天气炎热，树丛里的蝉鸣声越来越响。蜩即蝉，就是民间常说的"知了"。在古代文人眼中，蝉不食烟火，以风和露水为食，是君子的象征，代表着高洁、独立的人格。在夏天漫长的白天，酷热难耐时，蝉鸣声显得更响，人也容易犯困。正是在这样的场景里，陆游写下了这首《昭君怨》。

词人写道：夏日的白天这么漫长，庭院里一直响着蝉鸣声。在屋里乘凉的人慢慢摇着扇子，还打起了瞌睡。我铺开画卷画了一幅竹子，好让自己的心境像山间翠竹一样宁静下来。抬头看到帘子外面燕子成双成对地往来。这时有客人来了，我点上了一盘熏香。

齐白石

"宝篆"指盘成篆字形状的香料。

写到蝉鸣声的词句还有"庭槐转影，纱厨两两蝉鸣。幽梦断枕，金猊旋热，兰炷微薰""夕阳疏雨外，莫遣乱蝉鸣""天际银蟾映水，谷口锦云横野，柳外乱蝉鸣"等。

宫中调笑

◎ 唐·王建

团扇。团扇。美人病来遮面。玉颜憔悴三年。谁复商量管弦。弦管。弦管。春草昭阳路断。

解 说

夏至三候，一种叫"半夏"的草药生长起来了。半夏喜阴，长在沼泽地或水田里。古人认为这时夏天已经过了一半，阳性的植物盛极而衰，而阴性的植物开始生长。在宋代，这时妇女们还有互相赠送画扇的习俗。装饰精美的扇子对于古代女子来说，不仅可以用来降温，还是一种非常讲究的饰物。这首词中就提到了美人、扇子等意象。

词人写道：宫中的美人病了，用扇子来遮挡自己的面容。因为病了很久，容颜憔悴了，就再也没有谁请她演奏音乐，没有人爱慕她了。又因为不能演奏音乐，她就只能孤单地待着，再也没有机会参加昭阳殿的盛会了。

[明]唐寅

　　"管弦"指乐器。"昭阳"即昭阳殿,指皇帝和宠妃们观赏歌舞的地方。

　　画扇经常出现在古词中,比如"翠袖风回画扇,拂香篆、虬尾斜横""风落芙蓉画扇闲。凉随春色到人间。乍垂罗幕乍飞鸾""莺舌惺忪如会意。无端画扇惊飞起"等。

水调歌头·快哉亭作

◎ 宋·苏轼

落日绣帘卷，亭下水连空。知君为我，新作窗户湿青红。长记平山堂上，欹枕江南烟雨，渺渺没孤鸿。认得醉翁语，山色有无中。

一千顷，都镜净，倒碧峰。忽然浪起，掀舞一叶白头翁。堪笑兰台公子，未解庄生天籁，刚道有雌雄。一点浩然气，千里快哉风。

解 说

小暑的"暑"是炎热的意思，"小暑"是说还没到最热的时候。小暑初候，常会刮起温热的风，民间有"小暑起燥风，日夜好晴空"的俗语，意思是说这时起风会吹散云彩，带来连续不断的晴天。在南方偶尔还能看到孤单的飞鸿，这首词写的就是这样的场景。

词人写道：卷起帘子，落日的余晖照进来，亭子下面的江水和远方天空连在了一起。我知道你为了接待我，特意建了这座亭台。我一直记得当年在平山堂里，躺着就能感受到江南的烟雨蒙蒙，抬头就能看见那天空中孤独飞过的大雁。我知道那种感受就像欧阳修写的"山色有无中"一样。外面一阵大风刮过，江面涛澜汹涌，很危险，却还能看到有一个渔翁划着一叶小舟，在狂风巨浪中行进。真是可笑啊，当年宋玉还把风分成雌风和雄风，庄子还

溥儒

把声音分成人籁和天籁。在我看来，人应该像那个勇敢的渔翁一样，只要胸中充满正气，不论环境是好是坏，都能够泰然应对。

"兰台公子"指战国时曾在楚国担任兰台令的著名文人宋玉。"庄生"指庄子。

描写温风吹拂的词句还有"暖日温风破浅寒。短青无数簇幽栏""正暖日温风里，采遍香心。夜夜稳栖芳草，还处处、先簨春禽""春雨消残冻，温风到冷灰"等。

菩萨蛮·回文夏闺怨

◎ 宋·苏轼

柳庭风静人眠昼。昼眠人静风庭柳。香汗薄衫凉。凉衫薄汗香。

手红冰碗藕。藕碗冰红手。郎笑藕丝长。长丝藕笑郎。

解说

小暑二候，蟋蟀的幼虫长大了，就待在墙壁之间。天气越来越热，直到夜里暑气都还没消散，人热得难以入睡。在江南地区，这时还有吃莲藕的习俗，可以清热降温。苏轼就写过一首词，词中记录了夏天吃冰镇莲藕的情形。

词人写道：院子里面没有风，柳丝静静垂着，炎热的天气里闺中的女子正在午睡。起风了，庭院里的柳条摇摆起来，微风带来了女子身上的香味。她身上穿着夏天的薄衫，感觉到凉意后醒了过来。外面还是很热，她红润的双手端起一碗冰块拌藕丝。旁边的丈夫笑着说"你这碗里的藕丝也太长了"。女子一边吃着藕丝，一边笑着跟丈夫聊天。

[明]蓝瑛

　　在古代诗文里，藕丝象征着人和人之间的情义，"藕丝长"代表情义长久。

　　写蟋蟀的词句有很多，比如"蟋蟀声中，芭蕉叶上，怎得争如许。龙山何处，无言暗想烟树""鸿雁初飞江上，蟋蟀还来床下，时序百年心""孤灯暗，独步华堂，蟋蟀莎阶弄时节"等。

如梦令

◎ 宋·李清照

常记溪亭日暮，沉醉不知归路。兴尽晚回舟，误入藕花深处。争渡，争渡，惊起一滩鸥鹭。

解 说

小暑三候，天地之间即将到来的肃杀的气息就隐隐地表现了出来，你看飞鹰、鸷鸟这些凶猛的大鸟正教自己的孩子练习展翅高飞，时刻准备着捕捉猎物。这个时候湖面上的荷花开得最盛最多，荷叶密密麻麻地铺满了整个水面。女词人李清照的这首《如梦令》就回忆了一次和小伙伴一起划船在荷花丛里穿行的经历。

词人写道：记得有一次跟朋友们在溪亭喝酒聊天，一直到太阳快落山了。当时大家都很开心，喝醉了，忘了要早点儿回家。等到兴尽之后已经很晚了，才开始往回划船，却不小心划进了荷花丛的深处。怎么划出去呢？

[宋]赵伯驹

大家正着急地争着出主意，水边的一大群鸥鹭被惊起，扑棱棱在我们身边飞了起来。

"溪亭"就是靠近溪水的亭台。

描写荷花的词句非常多，比如"萱草径，荷花坞。幽香浮几席，秀色侵庭庑""数朵荷花开更好。把住薰风一笑""绿杨堤畔闹荷花。记得年时沽酒、那人家"等。

卜算子

◎ 宋·叶梦得

新月挂林梢，暗水鸣枯沼。时见疏星落画
檐，几点流萤小。

归意已无多，故作连环绕。欲寄新声问采
菱，水阔烟波渺。

解 说

大暑是二十四节气中的第十二个节气，也是夏季的最后一个节气。大暑
多在三伏天，比小暑还要热，所以叫"大暑"。这时的气温很高，农作物生
长也很快，有些不耐炎热的小草会在这时枯萎。古人以为，在大暑初候，枯
草会随着暑气蒸腾、燃烧，变成夜间飘荡的点点萤火。这首词就写到了盛夏
夜里的萤火。

词人写道：弯弯的新月挂在林梢上，快要干枯的池塘里响起了沟水流淌
的声音。抬头能看到屋檐上点缀着星光，一闪一闪的，仔细一看，原来是几
点小小的飞萤。现在的我对故乡的思念虽然不像之前那么深重，却也依旧在

［清］金农

心里缠绕着，难以放下。我新作了几首曲子想请歌女来唱，却怎么都打不起精神，只是面对着烟波浩渺的水面不停地出神。

"暗水"指的是潜流的沟水。"画檐"是古建筑上那些雕刻精美的屋檐。

描写流萤的词句还有"兰缸花半绽。正西窗凄凄，断萤新雁""时有露萤自照，占风裳、可喜影筱金""沉吟处，但萤飞草际，雁起芦间"等。

鹊桥仙

◎ 宋·秦观

纤云弄巧，飞星传恨，银汉迢迢暗度。金风玉露一相逢，便胜却人间无数。

柔情似水，佳期如梦，忍顾鹊桥归路！两情若是久长时，又岂在朝朝暮暮。

解 说

大暑二候，天空中充斥着炎热潮湿的气息，让人感到憋闷、压抑。七夕节常在此时段，在民间的神话传说中，七夕节是牛郎和织女一年一度相会的日子，直到今天很多地方还有在七夕节这一天乞巧的习俗。古代文人描写爱情时，常以七夕节的故事作为引子，比如这首《鹊桥仙》。

词人写道：薄薄的云彩在天空中变幻着形状，流星划过天空，传递着相思，而我对你的思念就在那遥远无垠的银河里沉浮着，久久不能平静。牛郎和织女七夕才能相见，他们的感情远远胜过尘世间那些住在一起却并不相爱的夫妻。唉，可惜两人这么美好的感情，却只有梦幻般短暂的相会，想到这

齐白石

里，怎么忍心抬头去看那鹊桥路呢？不过我想，只要像他们一样始终爱着对方，即便不能天天在一起，又有何妨？

　　描写七夕节的词句还有很多，比如"人间天上，一样风光，我与君知""河深鹊冷，云高鸾远，水佩风裳缥缈""鹊去桥空，燕飞钗在，不见穿针女"等。

虞美人·听雨

◎ 宋·蒋捷

少年听雨歌楼上，红烛昏罗帐。壮年听雨客舟中，江阔云低，断雁叫西风。

而今听雨僧庐下，鬓已星星也。悲欢离合总无情，一任阶前点滴到天明。

解 说

大暑三候，酷暑已经很久了，终于开始下大雨了，清凉的雨水降低了地面的温度，暑热渐渐消散。夏天快要结束了，这时候的雨声很容易引发文人的思考和感慨。这首词从听雨声时的感受联想到人生不同阶段心境的变化，充满了智慧和哲思。

词人写道：少年的时候在歌楼上听雨时，周围是红烛的光亮和轻盈的帘帐。到了中年又听雨声时，正在他乡的小船上漂泊。在烟雨茫茫的江面上，听到一只失群孤雁在西风中阵阵哀鸣。而今已经老了，白发苍苍，只能一个人待在僧庐下面听着雨声。唉，人一生经历的悲欢离合总是无情又无奈，还是心里洒脱自在一些，听那台阶前一滴滴的雨声，直到天亮吧。

齐白石

　　"罗帐"就是古代床上的纱幔。"断雁"指跟雁群失散的孤雁。

　　描写大雨的词句还有很多，比如"暴雨生凉。做成好梦，飞到伊行。几叶芭蕉，数竿修竹，人在南窗""铿然忽变赤龙飞，雷雨四山黑。谈笑做成丰岁，笑禅龛椰栗"等。

秋

立秋☉　初候，凉风至。　二候，白露降。　三候，寒蝉鸣。

处暑☉　初候，鹰乃祭鸟。　二候，天地始肃。　三候，禾乃登。

白露☉　初候，鸿雁来。　二候，玄鸟归。　三候，群鸟养羞。

秋分☉　初候，雷始收声。　二候，蛰虫坏户。　三候，水始涸。

寒露☉　初候，鸿雁来宾。　二候，雀入大水为蛤。　三候，菊有黄华。

霜降☉　初候，豺乃祭兽。　二候，草木黄落。　三候，蛰虫咸俯。

秋波媚

宋·陆游

秋到边城角声哀。烽火照高台。悲歌击筑，凭高酹酒，此兴悠哉。

多情谁似南山月，特地暮云开。灞桥烟柳，曲江池馆，应待人来。

解 说

立秋意味着秋天的到来。在周代，立秋不仅是个节气，还是一个重要的节日，天子要在这一天率领文武百官去西郊祭祀天地和祖先。立秋初候，夏天炎热的暑气开始消散，凉风吹拂着大地，使人心里少了几分烦躁，多了些冷静和舒爽。这首词写的就是初秋的景象。

词人写道：边城的秋天到了，城里吹响的号角声低沉呜咽，就好像是人在哀鸣。烽火台上的平安火也点燃了，火光映照出亭子的轮廓。这时身边传来了击筑声、歌唱声，我站在高处，把杯里的美酒洒在脚下的土地上，心中收复失地的声音在不停地回旋。唉，有谁能像那多情的南山明月一样，把天边这一层层的暮云都推开，留给人间一幅天朗气清的景象呢？我不禁又想起与家人分别时的情形。我们分别的地方有如烟的翠柳，还有装饰精美的楼台，它们应该也盼望着我早日归去吧。

[明]萧云从

　　"筑"是古代的一种打击乐器。"灞桥"，地名，在陕西西安城东，唐人常在这座桥旁送别。

　　写秋风的词句有很多，比如"秋风多。雨相和。帘外芭蕉三两窠。夜长人奈何""秋风清。秋月明。落叶聚还散，寒鸦栖复惊""昨夜秋风来万里。月上屏帏，冷透人衣袂""亭上秋风，记去年袅袅，曾到吾庐。山河举目虽异，风景非殊"等。

鹧鸪天

宋·李清照

暗淡轻黄体性柔。情疏迹远只香留。何须浅碧深红色，自是花中第一流。

梅定妒，菊应羞。画阑开处冠中秋。骚人可煞无情思，何事当年不见收。

解 说

立秋二候，大雨后的空气也不再像夏天那么潮湿闷热，草木的枝叶上有时候会凝结着白茫茫的水汽，这些水汽被叫作"白露"。这段时间桂花开了，清甜的香味伴着微微的凉风飘散在空气中，沁人心脾，是初秋的一道风景。这首词写的就是桂花。

词人写道：桂花有淡淡的颜色和轻盈的体态，开在偏僻的地方，默默散发着悠远的香味。它不像有些名花那样凭借鲜艳的颜色来引人注意，但却拥有独一无二的高雅气质。这种气质足以让梅花妒忌，让菊花觉得羞惭，所以说桂花应该是秋天的百花之王。可惜啊，大诗人屈原可能是不太了解桂花，不然他在《离骚》中赞美了那么多花草，为什么却没有提到桂花呢？

[清]恽寿平

　　"骚人"在古诗词中泛指诗人，这里是指战国时期楚国的著名诗人屈原，他的代表作就是《离骚》。

　　写白露意象的词句有很多，比如"饱挹台城白露秋。又骑黄鹄上江州""楼上玉笙吹彻。白露冷、飞琼佩玦""九月都城秋日亢。马头白露迎朝爽"等。

雨霖铃

宋·柳永

寒蝉凄切，对长亭晚，骤雨初歇。都门帐饮无绪，留恋处，兰舟催发。执手相看泪眼，竟无语凝噎。念去去，千里烟波，暮霭沉沉楚天阔。

多情自古伤离别，更那堪，冷落清秋节！今宵酒醒何处？杨柳岸，晓风残月。此去经年，应是良辰好景虚设。便纵有千种风情，更与何人说？

解 说

立秋三候，野外、院子里传出的蝉声渐渐变少了，偶尔还能听到的几声蝉鸣也很微弱，不像夏天的那么聒噪，反而显得凄切起来。寒蝉，指的是青紫色的小蝉。寒蝉的鸣叫声很容易引发人们心中的哀伤，这首词就是从寒蝉的叫声写起的。

词人写道：秋后的蝉叫声十分凄凉，雨后的傍晚时分，我望着长亭，来到都城外送朋友离开。本要饮酒送别，可是我心里难过，完全没有喝酒的心情。正在依依不舍的时候，船上的人催着朋友赶快出发。我和朋友握着手，抬眼看到对方满眼泪光，离别的千言万语都哽咽在喉咙里说不出来。想到你

齐白石

越走越远，前面是烟波茫茫，沉沉的夜雾罩住了一望无边的楚地天空。自古以来多情的人最怕离别，更何况又是在这萧瑟冷落的秋天。不知等你离开后，我今天酒醒时会身在何处。恐怕只能坐在种着杨柳的岸边，孤单地看着风月了。你不在，再好的风景对我来说也没有意义。即使我还有兴致，又能和谁一起去欣赏呢？

"凝噎"指的是因为难过而喉咙哽咽，说不出话的样子。

写寒蝉的词句还有"寒蝉欲报三秋候，寂静幽斋。叶落闲阶。月透帘栊远梦回""谁作秋声穿细柳，初听寒蝉凄切""一寸愁心。日日寒蝉夜夜砧"等。

如梦令

◎ 宋·李清照

昨夜雨疏风骤。浓睡不消残酒。试问卷帘人，却道海棠依旧。知否、知否？应是绿肥红瘦。

🌸 解　说

处暑的"处"是躲藏、离去的意思，"处暑"就是说之前炎热的暑气到这时就停止了。古人认为处暑的初候天空中的飞鸟多了起来，飞鹰开始到处觅食，有时候还会把吃不完的食物丢在地上，就好像人在吃饭前要把食物摆好祭祀祈祷的情形一样。这段时间秋海棠开了，这首词中就写到了初秋时的海棠花。

词人写道：昨天夜里的雨很稀疏，但是劲风吹个不停。我睡得很酣，醒来之后感觉昨夜的酒意还没有完全消散，昏昏沉沉的。于是我问正在屋子里卷帘子的侍女："外面怎么样了？"她回答说："还好，海棠花还开着呢。"听到侍女的回答，我有点意外。我本以为经过一夜的风雨摧残，海棠花已经被

[清]石涛

打落，只剩下叶子了呢。

"绿肥红瘦"指绿叶繁茂，红花凋零。

海棠经常出现在古诗词当中，写海棠的词句还有"斜日照帘，罗幌香冷粉屏空。海棠零落，莺语残红""不知征马几时归。海棠花谢也，雨霏霏""微雨斑斑，晕湿海棠，渐觉燕脂红褪""海棠梦在，相思过西园，秋千红影""尊前点检旧年春。应有海棠、犹记插花人"等。

相见欢

南唐·李煜

无言独上西楼，月如钩。寂寞梧桐深院锁清秋。

剪不断，理还乱，是离愁，别是一般滋味在心头。

解说

处暑二候，暑气慢慢消散，尤其是晚上，天地之间充盈着凉意，给人一种秋高气爽的感觉。在这种空旷清冷的气氛里，有人变得精神抖擞，也有人想起了自己凄凉的遭遇，想起了不得不分别时的愁苦情绪。李煜的这首《相见欢》，就是这样一首在清秋时节抒发离愁的词。

在夜里，词人独自登上西楼，抬起头只看到天上那一弯如钩的冷月。楼下的梧桐树寂寞地立在院子里，幽深的庭院也被笼罩上一层清冷凄凉的秋色。缠绕在心中那剪不断又理不清的，正是离开故国的痛苦啊。这种忧思一直徘徊在心头，又让人难以言说。

"锁清秋"意思是被秋色笼罩。

[明]萧云从

写清秋的词句有很多，比如"闲梦远，南国正清秋。千里江山寒色远，芦花深处泊孤舟。笛在月明楼""碧瓦新霜侵晓梦，黄花已过清秋。风帆何处挂扁舟""陇首云飞，江边日晚，烟波满目凭阑久。立望关河萧索，千里清秋""记得年时离别夜，都门强半清秋"等。

西江月·夜行黄沙道中

◎ 宋·辛弃疾

明月别枝惊鹊，清风半夜鸣蝉。稻花香里说丰年，听取蛙声一片。

七八个星天外，两三点雨山前。旧时茅店社林边，路转溪桥忽见。

解说

处暑三候，收获的季节到了，田野里的庄稼丰收，五谷飘香。农民们忙着收割，遇到好的年景还要举行庆祝丰收的活动。民间到现在还流传着"处暑高粱遍地红""处暑高粱白露谷"的谚语。这首词就写了农家的丰收景象。

词人写道：明月升上了树梢，喜鹊不知为什么受到了惊吓，扑棱棱飞走了，夜半的清风中隐隐夹杂着蝉鸣声。在稻花的香气里，人们谈论着丰收的年景，耳边还不时响起青蛙的叫声。抬头看到夜空中的星星在闪烁，不一会儿山前就下起了小雨。我走在山间，刚从小路上转过弯，绕过小桥，就看到一座茅草屋坐落在土地庙附近的树林边。仔细一瞧，发现竟是我曾经住过的那家客店。

齐白石

有观点认为"别枝惊鹊"指的是喜鹊被惊动，飞离了树枝。"茅店"是用茅草盖成的乡间客店。

描写庄稼丰收的农事词句还有"十里西畴熟稻香。槿花篱落竹丝长""官事无多，丰年有暇，莫负赏心佳处""笳鼓春城，处处有、丰年语笑""是处伐薪为炭后，此时尝稻庆丰年""不须细把茱萸看，且尽丰年酒一杯"等。

声声慢

宋·李清照

寻寻觅觅，冷冷清清，凄凄惨惨戚戚。乍暖还寒时候，最难将息。三杯两盏淡酒，怎敌他、晚来风急！雁过也，正伤心，却是旧时相识。

满地黄花堆积，憔悴损，如今有谁堪摘？守着窗儿，独自怎生得黑！梧桐更兼细雨，到黄昏、点点滴滴。这次第，怎一个愁字了得！

解 说

白露节气天气转凉，古人认为这是因为天地之间寒气越来越重导致"露凝而白"，就是说地面的水汽因为寒冷凝结成水珠，于是就把这个节气叫作"白露"。白露初候，北方的大雁开始飞往温暖的南方过冬，但这时中午偶尔还有夏天的余热，早晨和晚上又会突然变凉。这首词就写到了大雁。

词人写道：我寻觅了很久，却发现到处都冷冷清清，怎能不让人心生凄凉？虽然有太阳，可还是能感到一阵阵寒意，这段时间身体最容易出毛病。喝上两三杯淡酒，怎么能抵得住这秋天的寒风呢？抬头看到一行南飞的大雁，想想更让人伤心，之前在春天时，我应该也曾经看到过它们飞往北方吧。屋外园子里堆积的那些菊花，都已经被秋风吹得憔悴不堪，如今还有谁肯来采摘呢？我自己冷清清地守着窗子，不知道要怎么才能熬到天黑。黄昏了，梧

齐白石

桐叶上的细雨还在滴滴答答掉着。面对这样的情景，只一个"愁"字怎么能表达出我心里的感受呢？

"将息"是古时候的方言，有休养调理的意思。"损"用来表示程度很深，"憔悴损"就是十分憔悴的意思。

写白露的词句有"凭阑久，金波渐转，白露点苍苔""白露三秋尽，清霜十月初。群花零落共萧疏""夜深白露纷下，谁见湿萤流"等。

渔家傲·秋思

宋·范仲淹

塞下秋来风景异，衡阳雁去无留意。四面边声连角起，千嶂里，长烟落日孤城闭。

浊酒一杯家万里，燕然未勒归无计。羌管悠悠霜满地，人不寐，将军白发征夫泪。

解 说

白露二候，秋意变浓了，燕子、大雁等继续南飞。秋天萧瑟的气息经常让人想起古诗词中塞北的景象，想起大漠的孤雁和狼烟，想起边塞的羌笛声和吹笛的士兵。这首词写的就是秋天塞外的军旅生活。

词人写道：秋天到了，这西北边塞的风景和江南果然不一样。大雁又要飞回南方，它们顺应着季节的更迭离开这里，一点留恋的意思也没有。黄昏时军中吹起了号角，边关的鼓声也跟着响起。远处的山峰层层叠叠，暮霭笼罩着大地，太阳就要落山了，孤零零的边城也紧闭着城门。我喝下一杯浊酒，想起了万里之外的故乡。唉，可是我还没能像汉朝的大将窦宪那样打败敌人，建功立业，勒石燕然，现在还不能回家。周围响起了悠扬的羌笛声，塞北的

[明]唐寅

夜很冷，地面都已经结上了霜。夜深了，将士们还没安睡。将军常年在忧心用兵的事，头发和胡须都变白了；战士们长期戍守在边塞不能回家，一定也常在这样的夜里默默流淌着伤心的眼泪。

"燕然未勒"指战事没平息，其中"燕然"是山名。

写清霜的词句还有很多，比如"芦花千里霜月白。伤行色。来朝便是关山隔""嘶马摇鞭何处去。晓禽霜满树""雨后夹衣初冷，霜前细菊浑斑""一岸霜痕，半江烟色，愁到沙头枯叶"等。

水调歌头

宋·苏轼

明月几时有？把酒问青天。不知天上宫阙，今夕是何年。我欲乘风归去，又恐琼楼玉宇，高处不胜寒。起舞弄清影，何似在人间。

转朱阁，低绮户，照无眠。不应有恨，何事长向别时圆？人有悲欢离合，月有阴晴圆缺，此事古难全。但愿人长久，千里共婵娟。

解 说

白露三候，不去南方的留鸟纷纷开始储藏粮食，准备过冬。中秋节在农历八月十五，有时就处在白露的三候。中秋节是中国古代非常重要的节日，有嫦娥奔月的传说，还有赏月、拜月、吃月饼、喝桂花酒的习俗。苏轼的这首词就是中秋节赏月时因思念自己的弟弟苏辙，有感而发创作的。

词人写道：天上的那轮明月是什么时候出现的呢？我端起酒杯遥问苍天，不知道那传说中在天上的宫殿，到如今已经有多少年了。我想乘着清风飞上云霄，又担心那些美玉砌成的楼宇在很高的九重天上，我会受不了那仙境的寒冷。我趁着酒兴翩翩起舞，看到月光下的影子回环飘逸，这种美好的景象哪像是人间呢？抬头看，月亮已经转过朱红色楼阁，正低低地挂在精致的窗户边，月光照在我身上，可我还是睡不着。我想，明月该不会对人有什

［清］樊圻

么怨恨吧，不然为什么偏偏要在人们分别的时候才变圆呢？人世间有悲欢离合，月亮也时阴时晴、时圆时缺，这都是很无奈的事，自古就难以两全。唉，只希望世上所有人的亲人都能岁岁平安，那样的话即便相隔千里，也能在不同的地方一起享受这美好的月光。

"绮户"是装饰华丽的门窗。"婵娟"在古诗词里常用来指月亮。

关于中秋的词句还有很多，比如"伤心长记中秋节。今年还似前年月""中秋昨夜，明月千里满西楼""看姮娥此际，多情又似无情"等。

忆秦娥

◎ 唐·李白

箫声咽。秦娥梦断秦楼月。秦楼月。年年柳色。灞桥伤别。

乐游原上清秋节。咸阳古道音尘绝。音尘绝。西风残照，汉家陵阙。

解 说

秋分位于秋季的中间，"分"指平分秋季。秋分初候，天气变冷，雷声渐渐消失了。古人认为打雷是因为天地之间阳气太盛，所以当秋天阳气衰落、阴气回升之后，雷声就会停下来。重阳节在农历九月初九，有时就处在秋分的初候，民间有在重阳节游赏的习俗。这首词既写到清秋，也写到重阳。

词人写道：外面传来了玉箫的声音，箫声十分悲凉。秦娥从梦中惊醒的时候，一轮明月正挂在楼上方。每年楼上都会有这样的月色，每年桥边都有这青青的柳树，它们都会让我想起在灞桥上那次让人难过的离别。想想乐游原上过重阳节的情形，出来过节的佳人如云。可是通往咸阳的古道上却没有什么人。在那里，西风吹过，夕阳洒下些许余晖，眼前只剩下汉朝时留下的

[明]蓝瑛

陵墓和宫阙伫立在一派荒凉的气氛中。

"清秋节"即重阳节。

写重阳节的词句还有很多，比如"冉冉秋光留不住。满阶红叶暮。又是过重阳，台榭登临处""佳节虚过重阳。更篱下、拆尽疏黄""卧看黄菊送重阳，露重烟寒花未遍"等。

清平乐

宋·张炎

候蛩凄断。人语西风岸。月落沙平江似练。望尽芦花无雁。

暗教愁损兰成，可怜夜夜关情。只有一枝梧叶，不知多少秋声。

解 说

秋分二候，"蛰虫坏户"。天地之间的阴气加重，需要蛰居休息的小虫们开始藏入各自挖好的穴室里，准备冬眠。这里的"坏"字并不是破坏的意思，而是通"培"，就是修理、修补屋墙的意思，指虫子们修理好自己的住处准备休息。它们要冬眠了，叫声自然就少了，偶尔能听到的几声虫鸣不免给人一种孤单、凄凉的感觉，就像张炎在这首词里写的那样。

词人写道：秋天蟋蟀的叫声十分凄惨，瑟瑟秋风吹着，岸边不时传来人说话的声音。月亮在远处的沙洲旁落下，这时候江水平静得就像一匹绢布。我看着江边一望无际的芦花，却没见到几只归雁。我想，庾信如果看到这样的场景也会觉得愁苦吧，可惜我只能一个人在夜里默默难过。枯黄的梧桐树叶悠悠落下来，不知道在古今文人的笔下，这一片梧桐叶里寄托了多少悲凉

[明]唐寅

的秋声啊!

　　"蛩"是蟋蟀。"练"是未染色时素白的熟绢。"兰成"指北周诗人庾信,小字兰成。

　　写蛩声的词句还有"更漏咽。蛩鸣切。满院霜华如雪""蛩声悲。漏声迟。一点青灯明更微。照人双泪垂""秋还暮。小窗低户。惟有寒蛩语""秋声乍起梧桐落。蛩吟唧唧添萧索"等。

苏幕遮·怀旧

宋·范仲淹

碧云天，黄叶地。秋色连波，波上寒烟翠。
山映斜阳天接水。芳草无情，更在斜阳外。

黯乡魂，追旅思。夜夜除非，好梦留人睡。
明月楼高休独倚。酒入愁肠，化作相思泪。

解 说

秋分三候，天气越来越干燥，这时地面上的水蒸发速度也变快了，于是积水的沼泽、水洼、池塘便开始干涸。北方大地上有些草木也变得枯黄，透露着阵阵寒意；南方的池沼虽然没有像北方那样干涸，但毕竟也和夏天不同，不时倒映着发黄的叶子，让人想起惆怅的往事。这首词描写的就是在秋天看到残水枯木时的心境。

词人写道：看那蓝天上飘着云朵，大地上落叶纷飞。这一片秋景倒映在江水上，水面上还弥漫着寒烟。远处夕阳洒在群山上，江水一直连到天边。唉，芳草哪里懂得人情呢，却像愁思一样无边无际，一直延绵到夕阳照不到的地方。我默默思念着故乡，心中涌起难以排遣的愁苦，除非夜夜都做好梦，

[清]华喦

才能暂时缓解一下这种心情。我并不想在明月夜里倚着高楼远望，就只能借酒消愁。可谁知道，喝下去的酒，却又变成相思的眼泪流淌了出来。

　　"黯乡魂"指因为思念亲人而难过伤神。"追旅思"是撇不开羁旅的愁思。

　　描写秋水的词句还有"秋水平，黄叶晚。落日渡头云散""月映长江秋水。分明冷浸星河""秋水一池莲叶晚，吟喜雨，拍阑干""明镜池开秋水净，冷浸一天空翠"等。

一剪梅

宋·李清照

红藕香残玉簟秋。轻解罗裳，独上兰舟。
云中谁寄锦书来？雁字回时，月满西楼。

花自飘零水自流。一种相思，两处闲愁。
此情无计可消除，才下眉头，却上心头。

解 说

"寒露"是说因为温度降低，空气中的水汽凝结成露珠挂在植物上。寒露初候，"鸿雁来宾"。原本在北方的鸿雁都飞到南方准备过冬了。"宾"指像宾客一样暂时停留，这里指鸿雁只是在南方暂住，等到来年春暖花开的时候还会飞回北方。鸿雁这样的候鸟是重要的物候标志物，人们看到鸿雁时会联想到季节的更替，但有时候也会像李清照一样，想念在远方的丈夫。

词人写道：荷花已经凋谢，香味也消散了，屋里的竹席凉滑如玉，透出深秋的寒意。我轻轻脱下罗绸外裳，换上便装，独自登上小船，仰头凝望那高远的天空，心中泛起愁思，有谁会从远方寄信给我呢？雁群南归，皎洁的月光洒满了西边的亭楼。花在静静地飘零着，水也在自顾自地流淌。本来是一番相思，现在却牵扯出两处闲愁。这种愁苦难以排解，眉头刚刚舒展开，

［明］沈周

心里却又隐隐开始难过了。

　　"红藕"指红色的荷花。"玉簟"就是表面光滑得像玉一样的精美竹席。"锦书"泛指书信。

　　描写鸿雁的词句还有"鼓吹助清赏，鸿雁起汀洲""鸿雁在云鱼在水。惆怅此情难寄"等。

南乡子·送述古

◎ 宋·苏轼

回首乱山横。不见居人只见城。谁似临平山上塔，亭亭。迎客西来送客行。

归路晚风清。一枕初寒梦不成。今夜残灯斜照处，荧荧。秋雨晴时泪不晴。

解 说

寒露二候，秋意已经很深，之前经常看到的雀鸟多数都飞走了。古人看到海边突然出现了很多蛤蜊，并且贝壳的条纹、颜色都很像雀鸟，还以为是那些消失的雀鸟变化而成的，所以说"雀入大水为蛤"。这是古人对大自然生命更迭的美好想象，带有神话色彩。这段时间偶尔还会下起秋雨，雨后天气就变得更凉了，民间流传着"一场秋雨一场寒"的说法。这首词就记录了这样一场秋雨。

词人写道：回头远望，一座座山峰挡住了视线，我看不到人影，只能隐隐看见一座城池屹立在那里。谁能像那临平山上的塔一样高，那样就能挺拔地站在高处，迎送着来往的客人。我回家的路上，晚风已经很凉了。到家之后，枕着冰凉的枕头难以入眠。还没燃尽的蜡烛微微闪着光，唉，秋雨都已

高剑父

经停了，可我心里难过的泪水怎么却还没流尽呢？

"荧荧"既指微弱的烛光，也指晶莹的泪光。

描写秋雨的词句非常多，比如"一室秋灯，一庭秋雨，更一声秋雁""多景楼前，垂虹亭下，一枕眠秋雨""灯花前、几转寒更，桐叶上、数声秋雨""蕉叶窗纱，荷花池馆，别有留人处。此时归去，为君听尽秋雨"等。

长相思

◎ 南唐·李煜

一重山。两重山。山远天高烟水寒。相思枫叶丹。

菊花开。菊花残。塞雁高飞人未还。一帘风月闲。

解 说

寒露三候，大部分花都随着气温的降低逐渐凋谢了，这时候菊花开始绽放。菊花是寒露这个节气里最有代表性的花，是深秋的一道美景。菊花在古诗词里还是隐士的象征，每逢菊花盛开的时候，古代的文人有聚在一起观赏菊花、喝菊花茶、饮菊花酒、吟诗作对的雅俗。这首词就写了深秋的菊花。

词人写道：看远方那一重又一重的山，山那么远，天那么高，弥漫在山水间的烟云散发着寒气，可是我心里的思念却像火红的枫叶那样炙热难安。外面的菊花开了，不久又会凋谢。塞北的大雁又要飞往南方，可我想念的人却还没回来。抬头看到洁白的月光洒在帘子上，风吹进来，帘子在孤单地飘荡。

齐白石

"丹"是红色，指秋天枫叶变红。

描写菊花的词句还有"桂花如许，菊花如许，怎不悲秋""晓寒轻、菊花台榭，拒霜池馆""璧月琼枝空夜夜，菊花人貌自年年""菊花轻泛玉杯空。醉后不知星斗、乱西东""年年金蕊艳西风。人与菊花同"等。

江城子·密州出猎

宋·苏轼

老夫聊发少年狂，左牵黄，右擎苍，锦帽
貂裘，千骑卷平冈。为报倾城随太守，亲射虎，
看孙郎。

酒酣胸胆尚开张。鬓微霜，又何妨！持节
云中，何日遣冯唐？会挽雕弓如满月，西北望，
射天狼。

解　说

霜降意味着秋天快要过完了。霜降初候，"豺乃祭兽"，讲的是豺这种动
物在深秋的时候会捕杀一些猎物，储藏起来当作冬天的食物，它们排列食物
的样子就好像人在祭祀一样。古人认为这段时间天地之间的肃杀之气开始增
长，为了顺应自然，常在这段时间操练兵马，外出围猎。这首词写的就是外
出围猎的情形。

词人写道：我暂且重拾少年时的豪情壮志，左手牵着黄犬，右臂上架着
苍鹰，头戴着华美的帽子，身穿围猎时的行装，带着上千骑的随从，飞驰在
山冈上。为了报答大家随我出猎的盛情厚意，我要像当年的孙权一样亲自去
猎杀猛虎。我痛快地喝下了美酒，胆魄也随之变得豪壮，虽然已经两鬓斑白

[清] 樊圻

了，但这又有什么关系呢？我还是期待朝廷会派人来赦免我的罪过，就像当年汉文帝派冯唐去云中赦免魏尚的罪过那样。将来如果有报效的机会，我会用尽力气拉满手里的长弓，射向西北那些犯我边境的西夏军队。

"天狼"是星宿的名字，古时候象征着杀伐侵略，这里指西夏。

描写打猎场景的词句还有"雪猎星飞羽箭，春游花簇雕鞍""秋入中山，臂隼牵卢纵长猎""萧疏野柳嘶寒马，芦花深、还见游猎"等。

天净沙·秋思

元·马致远

枯藤老树昏鸦，小桥流水人家，古道西风瘦马。夕阳西下，断肠人在天涯。

解说

霜降二候，"草木黄落"，天气越发寒冷，花已经都凋谢了，树叶纷纷坠落，只剩下干枯的树枝，草地也变得一片枯黄。举目望去，绿色都已经褪去，万物裹在天地之间沉重的寒气里。路上的行人变少了，越发显得萧瑟凄凉。马致远这首《天净沙·秋思》，写的就是这种情形。

作者写道：黄昏了，一群乌鸦落在被枯藤缠绕的老树上，叫声十分凄厉。小桥下传来轻轻的流水声，桥边的房屋里面冒出了袅袅炊烟。西风在古道上吹起细尘，一匹瘦马慢慢走在上面。太阳落山了，天色暗下来，四周也变得很安静，只剩下孤独的游子还远在他乡漂泊着，不能回家。

[明]蓝瑛

　　"古道"指的是年代久远的驿道。

　　描写草木凋零的词句有很多，比如"扫西风门径，黄叶凋零，白云萧散""霜风摇落岁将徂。景凋疏""木叶尽凋，湖色接天，雪月明江水""昼阴重，霜凋岸草，雾隐城堞""叹花与人凋谢，依依岁华晚""江枫渐老，汀蕙半凋，满目败红衰翠"等。

水龙吟·登建康赏心亭

宋·辛弃疾

楚天千里清秋，水随天去秋无际。遥岑远目，献愁供恨，玉簪螺髻。落日楼头，断鸿声里，江南游子。把吴钩看了，栏杆拍遍，无人会，登临意。

休说鲈鱼堪脍，尽西风，季鹰归未？求田问舍，怕应羞见，刘郎才气。可惜流年，忧愁风雨，树犹如此！倩何人唤取，红巾翠袖，揾英雄泪？

解 说

霜降三候，小动物们渐渐地都去冬眠避寒了，大地上变得很安静。寒衣节在农历十月初一，有时就处在霜降的三候。古时候在寒衣节这天晚上，民间有在门外焚烧夹棉的五色纸来祭奠逝去亲人的习俗。冬天马上就要到了，随着季节流转，一年又快到尽头，当回想起还有很多没做的事时，不免生发出人生苦短的感慨。

词人写道：深秋南国的天空辽阔而清冷，宽阔的江水流向无边无际的天空。极目远望，群山的形状好像是女子的发髻和发簪，引发了我心里对国土沦陷的忧愤。夕阳斜照在楼上，空中离群的孤雁在悲鸣，就像我这个流落在

[清]樊圻

江南的游子。我看着手里的宝刀，即便我把楼上的栏杆都拍遍，也没人能领会我现在的心情。别说鲈鱼已经可以烹来吃了，秋风吹遍了，不知那个以想吃鲈鱼为理由辞官的张季鹰退隐了没有。我想，做人如果只学为自己购置田地的许汜，应该会无颜去见文武双全、心怀天下的刘备吧。时光逝去如流水，我担心这风雨还不停歇，真是像桓温所说，树都已经长得这么大了，人更是会在不知不觉中老去。唉，又去哪里才能找到理解我的红颜知己，为我擦掉这失意的眼泪！

"遥岑"指远处的山脉。"吴钩"是古代吴地制造的一种宝刀。"季鹰"是西晋文学家张翰，字季鹰。

描写晚秋的词句还有"暮秋风雨客衣寒。又向朝天门外、话悲欢""登临送目。正故国晚秋，天气初肃""秋尽江南叶未凋。晚云高，青山隐隐水迢迢"等。

冬

立冬⊙　初候，水始冰。　二候，地始冻。　三候，雉入大水为蜃。

小雪⊙　初候，虹藏不见。　二候，天气升地气降。　三候，闭塞成冬。

大雪⊙　初候，鹖鴠不鸣。　二候，虎始交。　三候，荔挺出。

冬至⊙　初候，蚯蚓结。　二候，麋角解。　三候，水泉动。

小寒⊙　初候，雁北乡。　二候，鹊始巢。　三候，雉始鸲。

大寒⊙　初候，鸡始乳。　二候，征鸟厉疾。　三候，水泽腹坚。

转应词

◎ 唐·戴叔伦

边草。边草。边草尽来兵老。山南山北雪晴。千里万里月明。明月。明月。胡笳一声愁绝。

解　说

立冬标志着冬天的到来。立冬在古代还是个重要的节日，在周代，天子要斋戒三天，然后率领三公九卿去北郊举行仪式，迎接冬天的到来。在立冬初候，水面开始凝结成薄冰，严寒在大地上蔓延，北方有些远山的高处甚至已经开始下雪。这首词就写到了荒凉的原野和雪后的山川。

词人写道：又到了边塞的野草枯尽的时候，常年戍边的兵士们也已经衰老。大雪之后，山南山北的天空变得晴朗，千里万里的土地上洒满了皎洁的月光。这时远处传来一阵胡笳的声音，触动了人内心的悲伤。

"边草"指的是边塞草原上的草，秋天干枯之后会成为牛马的饲料。"胡

[元]黄公望

笳"是古时候在北方游牧民族中间流行的管乐器。

　　写冬天水凝成冰的词句有"此是冰天，谁言水国，千古孤臣滋涕""风过冰檐环佩响，宿雾在华茵。剩落瑶花衬月明""双桨敲冰，低篷护冷，扁舟晓渡西泠""天意深怜，花神偏巧，持为翦冰裁水"等。

虞美人

◎ 清·纳兰性德

残灯风灭炉烟冷，相伴唯孤影。判教狼藉醉清樽，为问世间醒眼是何人？

难逢易散花间酒，饮罢空搔首。闲愁总付醉来眠，只恐醒时依旧到樽前。

解 说

立冬二候，随着大风和低温天气越来越频繁，北方的土地也开始冻结，大地上残留的草木在冷风的吹拂下变得坚硬无比。为了驱寒，民间有温酒取暖的习俗。清代词人纳兰性德的这首《虞美人》，就写了朔风寒天饮酒来排遣愁怀的经历。

词人写道：香炉里的残焰被冷风吹灭，香炉也逐渐变冷，在屋子里只剩下孤单的影子陪伴着我。唉，我真想喝得酩酊大醉，让自己变得麻木起来，苍天啊，请问这世间还有谁是清醒的人呢？人世间，相遇相知很难，离别却很容易。欢快的宴饮散去之后，我只能对着已经空了的酒杯搔首长叹，剩下闲愁苦闷积在胸中难以排遣，我现在只能靠醉酒和梦境来逃避这些愁苦。因

[明]唐寅

为害怕醒来之后满腔的愁思又跟着涌上心头，我又一次无奈地举起酒杯。

"判"是情愿、甘愿的意思。

写到冬天地面酷寒或冰冻的词句还有"雪后千林尚冻，城边一径微通""千林冻槁，一枝雪艳，消息先通""晓霜和。冻轻呵。拍罢阳春白雪歌""料浅雪、黄昏驿路，飞香遗冻草""想见雕阑曲沼边，残雪和烟冻"等。

诉衷情

◎ 宋·陆游

当年万里觅封侯。匹马戍梁州。关河梦断何处，尘暗旧貂裘。

胡未灭，鬓先秋。泪空流。此生谁料，心在天山，身老沧洲。

解 说

立冬三候，古人说"雉入大水为蜃"。其中的"雉"是野鸡类的大鸟，"蜃"是大蛤。河水封冻之前，雉鸡们会飞到河边捕捉大蛤来吃，因为雉鸡的颜色和大蛤的颜色接近，古人就误以为"雉"到了冬天会变成"蜃"。古时候在立冬时，天子会赐给臣子冬天的衣物，祭奠为国捐躯的将士，告慰那些英魂。这首词表达了词人收复故土的志向。

词人写道：想起年轻时的自己，为了建功立业而单枪匹马地去戍守梁州。可是再看看如今的我，这些豪壮的志向只能是在梦中出现了，梦醒之后心中常感到一片茫然，不知自己身在何处，只看到当年出征时所穿的貂裘上已经盖满灰尘。侵犯边境的金人还没被消灭，我的鬓发却已经白了，想到这里，感伤的眼泪忍不住流了下来，但于事无补。谁能料想到我这一生，一心一意

[元]黄公望

想在边关抗敌，如今却要老死在沧洲了。

"关河"指关塞、河流。"梦断"指梦醒。

描写貂裘等冬衣的词句有很多，比如"貂裘小帽，随车信马，犹忆少年豪逸""霜重貂裘，夜寒如水，饮到月斜犹未归""记玉关踏雪事清游，寒气脆貂裘"等。

天净沙·冬

◎ 元·白朴

一声画角樵门，半亭新月黄昏，雪里山前水滨。竹篱茅舍，淡烟衰草孤村。

解 说

民间有谚语说"节到小雪天下雪"，是说随着温度降低，北方大部分地区陆续迎来了初雪。但是这段时间雪不会下得很大，并且很多时候很快就融化了，所以叫"小雪"。小雪初候，天边的虹霓消失不见。古人认为天地之间阴阳二气交泰才会出现彩虹，但这时阴气旺盛、阳气蛰伏，所以彩虹会消失，抬眼望去只能看到天地之间一片衰草。这首《天净沙·冬》就写了初冬时分乡野的衰草和淡烟。

作者写道：在冬天的黄昏，耳边传来城门关闭的轻响，抬头看到有一弯新月挂在了半空，远处的山上有了积雪，山前的水流还没完全冻成冰，依旧在缓缓流淌着。山下一座座围着篱笆的茅舍组成了一个孤单的小村子，安静

[清]查士标

地笼罩在淡烟和衰草当中。

    "画角"是古代军队清晨和黄昏用来报警的号角。"樵"通"谯","谯门"指建有望楼的城门。

    描写衰草的词句还有"烟淡淡，长亭路。望寒莎衰草，总成愁绪""山转沙回江声小。望尽冷烟衰草""但有夕阳衰草，恍然真一梦，人空老""鸣鞘声里绣旗红。澹烟衰草有无中"等。

长相思

◎ 清·纳兰性德

山一程，水一程，身向榆关那畔行，夜深千帐灯。

风一更，雪一更，聒碎乡心梦不成，故园无此声。

解 说

小雪二候，古人认为天气变冷、万物枯藏是因为天空中的阳气上升，地面上的阴气下降，导致天地不通，阴阳不交，所以越来越冷。关外地区在这时已经开始风雪交加。清代词人纳兰性德的这首《长相思》，写到了冬天跋山涉水，冒着风雪行军的经历。

词人写道：伴驾赴辽东巡视的将士们一路跋山涉水，浩浩荡荡地向山海关进发。入夜了，驻军的营帐中点起了灯火。夜深了，帐篷外面风雪交加，传来的呼啸声让人难以入睡。我想起了故乡京师，更加觉得孤单落寞。那里没有这么大的风雪，也没有这样让人心生凄凉的严寒。

[元]曹知白

"榆关"指山海关。

　　古词中描写风雪的词句还有不少，比如"岁穷风雪飘零，望迷万里云垂冻""却怕惊回睡蝶，恐和他、草梦都醒。还知否，能消几日，风雪灞桥深""风雪惊初霁，水乡增暮寒""万家风雪一家寒。青灯语夜阑"等。

水调歌头

◎ 宋·辛弃疾

落日古城角，把酒劝君留。长安路远，何事风雪敝貂裘。散尽黄金身世，不管秦楼人怨，归计狎沙鸥。明夜扁舟去，和月载离愁。

功名事，身未老，几时休。诗书万卷，致身须到古伊周。莫学班超投笔，纵得封侯万里，憔悴老边州。何处依刘客，寂寞赋登楼。

解 说

小雪三候，温度已经降得很低，古人认为这时阳气和阴气都已经牢牢地闭塞固结，完全进入了冬天。古时候北方地区的人为了御寒，会穿上一些用动物皮毛制成的衣服，在古诗词中，这些衣服就成了冬天的标志物。这首词提到了冬天的风雪，以及在风雪中若隐若现的貂裘。

词人写道：夕阳的余晖照在城墙的一角，我端起酒杯挽留即将离开的朋友。京城那么远，为什么你还要冒着风雪不顾艰辛前往呢？我担心你会像当年的苏秦一样耗尽盘缠而一无所获，随后遭到亲友的奚落，还不如早点儿回来与沙鸥为伴，过着闲适的隐逸生活。唉，明天晚上你就要带着离愁乘船离开了。你那建功立业的心志，恐怕是到老才会罢休吧。其实你饱读诗书，完全可以像伊尹和周公那样在朝中运筹帷幄，报效君王，而不是去效仿投笔从

[明]戴进

戎的班超。即便真的能够凭借在塞外征战万里而封侯，可也会因此而长期滞留在边疆，直到年老时才能返回故乡。到时候又去哪里寻找可以依靠的人呢？只怕是要忍受寂寞，不得不写一些像《登楼赋》那样充满乡愁的文章。

"狎沙鸥"指闲适的隐居生活。"伊周"指商朝的伊尹和西周的周公，他们都是著名的贤相。"班超投笔"指东汉班超本来是文官，后来弃笔从戎征战沙场。

写到初冬的词句还有很多，比如"渐过初冬时节好。寻梅踏雪城南道。追忆旧游人已老""未冷绮帘犹卷，浅冬时候"等。

阮郎归·绍兴乙卯大雪行鄱阳道中

◎ 宋·向子谭

江南江北雪漫漫。遥知易水寒。同云深处望三关。断肠山又山。

天可老，海能翻。消除此恨难。频闻遣使问平安。几时鸾辂还。

解 说

大雪初候，因为天气寒冷，寒号鸟也不再鸣叫了，江水冻结成冰，大江南北的很多地方有了厚厚的积雪。这首词就写到了天降大雪的情形。

词人写道：如今江南江北都在漫天飞雪，可以想象那北方正是天寒地冻的时候。远望边境，天空正浓云密布，关口屹立在山中，山外还有山，想起来就让人忧愤肠断。即使天会变老，海能翻转，也难以消除这亡国的悲愤。朝中只是不断派人去北方看望被囚的君王，可是不发兵抗金，被囚禁的君王又要等到什么时候才能回来呢？

[明] 陆治

  "鸾辂"本来是天子乘坐的车，这里用来指代被俘虏的宋徽宗、宋钦宗。

  描写大雪的词句还有不少，比如"东风半夜度关山。和雪到阑干""记得山中雪境，恰一般清绝""严寒冬月。前日阳生几降雪。松柏凌霄。森耸庭中叹后凋"等。

夜游宫·记梦寄师伯浑

◎ 宋·陆游

雪晓清笳乱起。梦游处、不知何地。铁骑无声望似水。想关河，雁门西，青海际。

睡觉寒灯里。漏声断、月斜窗纸。自许封侯在万里。有谁知，鬓虽残，心未死。

解 说

大雪二候，"虎始交"。天地之间的阴寒之气达到最盛，古人认为盛极而衰，这时之前凝固的阳气也有了萌动的迹象，所以像老虎这样的猛兽开始求偶了。陆游在这首词里描写了清晨起来看到的大雪，以及梦境中塞外的苦寒。

词人写道：雪天的清晨，远处响起清亮的胡笳声。昨夜我在梦里不知去到了什么地方，竟然是一派边关的景象。那里的战马像滚滚洪流一样，却无声地前行。我不由得想起那边塞的雄关长河，想起那被金人占领的雁门关，还有那辽阔的青海边境。梦醒了，寒灯亮着，漏声停了，晓月斜照在窗纸上，天色渐渐变亮。我曾暗下决心，要在万里之外的疆场上成就功名，又有谁知道，虽然如今的我已是两鬓花白，却从来没有忘掉报国的志向。

"漏"指滴漏，古时候用铜壶盛水，在壶底留一个孔漏水，利用水位来计时。"漏声断"就是说滴漏声停止时，一夜将尽，天快亮了。

古词中描写酷寒的句子还有"紫塞月明千里，金甲冷，戍楼寒。梦长安""帘旌微动，峭寒天气，龙池冰泮""堪笑红炉画阁，问从来寒气，损甚容光"等。

[清]华嵒

竹枝词

◎ 明·杨慎

最高峰顶有人家，冬种蔓菁春采茶。长笑江头来往客，冷风寒雨宿天涯。

解　说

大雪三候，"荔挺出"，即马薤（xiè）抽出了新芽。"荔挺"指马薤草，也有人说指兰草。这时冬天就要过半，蛰伏的阳气开始出现上升的痕迹，像马薤这样的植物已经早早地开始发芽，给寒冷和荒凉的冬天带来些许生机。农人们还会种下一些蔓菁，等着它们经过冬天慢慢长大。杨慎的这首《竹枝词》就提到了冬天种蔓菁的农事。

作者写道：在那高山上住着的人家多么自在，冬天种下蔓菁，春天采回新茶，在季节的流转中耕作生活，品味着自然的气息。想到这里不禁要笑话那些常年在江边码头来往的人了，他们一个个步履匆匆，为理想为名利奔忙，

[清]樊圻

同时也忍受着天涯的风雨和漂泊的寂寞，为此丧失了享受生活的机会。

　　古词中有不少词句写到大雪覆盖山野的情景，比如"问何如、半山雪里，孤山烟外。管甚夜深风露冷，人与长瓶共睡""登楼一望南山雪。使君风味如新月""千里月，千山雪。梅花正落寒时节"等。

扬州慢

◎ 宋·姜夔

淮左名都，竹西佳处，解鞍少驻初程。过春风十里，尽荠麦青青。自胡马窥江去后，废池乔木，犹厌言兵。渐黄昏，清角吹寒，都在空城。

杜郎俊赏，算而今重到须惊。纵豆蔻词工，青楼梦好，难赋深情。二十四桥仍在，波心荡，冷月无声。念桥边红药，年年知为谁生？

解 说

冬至又称"至日"，是一年中白天最短、夜间最长的时候。冬至初候，因为天气太冷，蚯蚓把身体蜷曲起来钻到地表之下蛰伏，地面上依旧凝结着冰寒的霜雪。这首词就写于冬至这一天。

词人写道：自古以来扬州就是江淮地区的名城，著名的竹西亭就在这里。我解鞍下马，在扬州城里稍作停留，一路看到当年那些繁华的街道，如今却长满了野生麦子，十分荒凉。自从金兵侵扰长江流域之后，恐怕就连那些荒废的池苑和残留的树木都不愿再提起那场罪恶的战争了吧。黄昏了，凄清的号角声回荡在这座残破的空城里。唐代诗人杜牧曾写下优美的诗词赞美扬州

[清]袁耀

城，我想他如果看到扬州现在的样子，一定会感到震惊。纵使他再有青年时的才气，再有歌咏青楼的雅兴，也难以表达此时深沉而复杂的感情。扬州城里的二十四桥还在那里，桥下面波光荡漾，倒映着一弯无声的冷月。想到那桥边的红色芍药花年年都开着，只是不知还有谁会来欣赏。

　　"杜郎"即唐代诗人杜牧。"豆蔻"形容美艳的少女、美好的年华。"红药"指红色芍药花。

　　描写霜雪的词句还有很多，比如"劲柏乔松霜雪后，知心惟有孤生竹""相思芳岁尽，霜雪满乾坤"等。

菩萨蛮

◎ 清·纳兰性德

惊飚掠地冬将半，解鞍正值昏鸦乱。冰合大河流，茫茫一片愁。

烧痕空极望，鼓角高城上。明日近长安，客心愁未阑。

解 说

冬至二候，"麋角解"，是说麋鹿头上的角要脱落了。古人认为麋鹿在水边栖息生活，水属阴，所以麋鹿也属于阴兽，而冬至时冬天已经过去一半，阴气已经到了极致，阳气开始萌动复苏，所以麋鹿的身体也跟着有了除旧布新的变化。这首词写的就是冬天过半时的见闻和感想。

词人写道：狂风吹过，冬天就要过半。我解鞍下马时正是黄昏，天上有不少乌鸦飞过。远处的黄河已经结冰，苍茫一片，就好像人的愁思一样连绵不绝。放眼望去，大地上还有野火烧过的痕迹，城楼上传来了鼓角声。明天就要回京师了，可是心里的愁思却依旧没有尽头。

[明]萧云从

"惊飚"指狂风。

写冬日河水成冰的词句还有不少，比如"冰河夜渡流澌。朔雪平沙，飞花乱拂蛾眉""酒酣应对燕山雪，正冰河月冻，晓陇云飞""谁剪碎，明河冰水，一夜下皇州"等。

清平乐

◎ 南唐·冯延巳

深冬寒月。庭户凝霜雪。风雁过时魂断绝。塞管数声呜咽。

披衣独立披香。流苏乱结愁肠。往事总堪惆怅，前欢休更思量。

解 说

冬至三候，"水泉动"。随着阳气的复苏，湖、井深处之前本已结冰的水，现在也开始解冻流淌起来。在商周时期，古人将冬至这一天作为新年的开始，在冬至前后要休息庆祝，家人要团聚用餐。这时流落在外不能与亲人、朋友团聚的游子就显得格外孤单落寞，这首《清平乐》就写了深冬时节游子依旧流落在外的愁苦。

词人写道：深冬了，连月光都显得格外凄冷，庭院和门前都凝结着一层厚厚的霜雪。偶尔有大雁飞过，看到它们却让人心神不宁，十分难过。耳边响起塞北的羌笛声，悲戚呜咽。我披上衣服独自待在屋里，身上还残留着熏香的味道，手里的流苏已经在愁苦中被我拨乱了。唉，之前的回忆总是会引

发人的惆怅，所以就别再回想之前的那些
美好时光了吧。

　　描写深冬的词句还有"风送深冬，雪
消残腊，天时人事相催""悠悠。冬向晚，
梅花潜暖，随处香浮""冰缩寒流，川凝
冻霭，前回鹭渚冬晚""想雁空、北落冬
深，澹墨晚天云阔""何妨与向冬深，密
种秦人路，夹仙溪"等。

溥儒

菩萨蛮

◎ 宋·李清照

归鸿声断残云碧。背窗雪落炉烟直。烛底凤钗明。钗头人胜轻。

角声催晓漏。曙色回牛斗。春意看花难。西风留旧寒。

解 说

小寒的初候，大雁早早感受到大地上阳气的回升，并顺应着阳气的回升飞回了北方。这首词就描写了冬季将尽时，天际有鸿雁飞过的情景。

词人写道：北归大雁的叫声逐渐消失在碧空中，窗外纷纷扬扬地飘着雪，屋子里的炉火冒着细烟。在烛光的映照下，头上的凤钗十分明亮好看，凤钗上的装饰是那么轻巧精致。一夜凄切的角声中，滴漏预报着拂晓的到来。天空中斗转参横，即将破晓。这个时候想必报春的花应该开了吧，可是西风还在吹着，冬天的酷寒还没散尽，花儿们哪有心思出来争春呢？

"人胜"，古时候女子的一种首饰，用金箔剪成人形，装饰在头发上。"晓

[清]董邦达

漏"指拂晓时分的滴漏。

写到小寒的词句还有不少，比如"微雨后，小寒初。满斟长寿碧琳腴""燕外青楼已禁烟。小寒犹自薄胜绵""晓日初长，正锦里轻阴，小寒天气。未报春消息，早瘦梅先发，浅苞纤蕊""小寒料峭，一番春意换年芳"等。

浣溪沙

◎ 宋·苏轼

细雨斜风作晓寒。淡烟疏柳媚晴滩。入淮清洛渐漫漫。

雪沫乳花浮午盏，蓼茸蒿笋试春盘。人间有味是清欢。

解 说

小寒二候，"鹊始巢"，是说喜鹊感受到温度的回升，开始衔着草、树枝、泥土等材料搭建自己的新巢。腊日通常也在这段时间，古时候通常要在岁末时举行大型的祭祀典礼，祈求福寿，称为"腊祭"。苏轼的这首《浣溪沙》就描写了在腊日将近时出游的经历。

词人写道：外面斜风吹着细雨，清晨天气微微有点冷。淡淡的烟雾笼罩着十里滩边的柳树，眼前的淮河、洛河也流淌到了天际。午后，煮好的新茶上面漂起了细细的白泡，吃着新鲜的野菜，仿佛已经有了春天的气息。其实人世间真正美好的，就是这样清淡却又快乐的平常时光吧。

"雪沫乳花"指的是煎茶时上浮的白泡就像雪一样。"蓼茸"是蓼菜的嫩芽。

高剑父

写到腊日的古词有很多，比如"休惊初腊冻全消。旬日是春朝。梅吐芳心半笑，柳含青眼相撩""冲寒待腊雪花飘。词意并琴挑。嘉平岁暮春光近，朔风冽、裘暖狐貂"等。

踏莎行

◎ 宋·吕本中

雪似梅花，梅花似雪。似和不似都奇绝。
恼人风味阿谁知，请君问取南楼月。

记得旧时，探梅时节。老来旧事无人说。
为谁醉倒为谁醒，到今犹恨轻离别。

解 说

小寒三候，"雉始雊"。雉鸡开始鸣叫，古人认为这是因为它们也感受到了阳气的升腾，所以鸣叫。这时依旧会下些霜雪，蜡梅就在雪中绽放，梅花也因此被古人视作不畏严寒、傲然挺立的花中君子。这首《踏莎行》就描写了赏梅的情景。

词人写道：雪像梅花一样洁白，梅花又像雪一般清逸。其实不论是否像彼此，大家都知道它们的绝美之处，可我心中的愁思有谁知道呢？只能去问那南楼上的明月了。不由得想起往年一起踏雪寻梅的欢乐时光，可如今年老了，这些旧事也没人再提起。我无数次借酒消愁，却是为了谁呢？唉，直到现在我还悔恨不已，当初真的不该轻易离别。

[明]项圣谟

　　描写梅花的词句还有很多，比如"暗想玉容何所似，一枝春雪冻梅花""冷香清到骨。梦十里、梅花霁雪""云外空山知何似，料清寒、只与梅花约""雪遍梅花，素光都共奇绝。到窗前、认君时节""梅花飞。雪花飞。醉卧幽亭不掩扉。冷香寻梦归""水月精神玉雪胎。乾坤清气化生来"等。

梅花引·冬怨

◎ 宋·万俟咏

晓风酸。晓霜干。一雁南飞人度关。客衣单。客衣单。千里断魂，空歌行路难。

寒梅惊破前村雪。寒鸡啼破西楼月。酒肠宽。酒肠宽。家在日边，不堪频倚阑。

解 说

大寒是冬季的最后一个节气，也是二十四节气的最后一个节气。古人观察到母鸡经常在大寒到立春之间开始孵化小鸡，就把母鸡生育作为大寒初候的标志。虽然已经是残冬，但大寒时的温度依旧很低，这首词就写到了这时的情形。

词人写道：冬天的风霜和严寒已经减弱了，一行大雁飞过，路上的行人走向了关隘。游子的衣裳这么单薄，想想走过的漫长路途，无奈地叹息吟唱起来。冰雪覆盖着路边的村庄，凌寒绽放的梅花却为这冰冷的气氛增添了些许暖色和希望。鸡鸣声传来，抬头看，月亮升上来，好像是挂在楼顶一样。我喝下很多酒，为了驱寒，也是为了消愁。故乡还在很远的地方，我难以忍

[明]蓝瑛

受思念的痛苦，常常倚靠在栏杆上远望故乡，却更增添了几分惆怅。

　　描写残冬的词句还有很多，比如"检尽历头冬又残。爱他风雪忍他寒。拖条竹杖家家酒，上个篮舆处处山""檐花旧滴，帐烛新啼，香润残冬被""帽压半檐朝雪，镜开千靥春霞。小帘沽酒看梅花。梦到林逋山下""袖手看飞雪，高卧过残冬。飘然底事春到，先我逐孤鸿"等。

生查子·重叶梅

◎ 宋·辛弃疾

百花头上开，冰雪寒中见。霜月定相知，先识春风面。

主人情意深，不管江妃怨。折我最繁枝，还许冰壶荐。

解 说

大寒二候，"征鸟厉疾"。像鹰、雕这样比较凶猛的大型飞禽为了抵御严寒需要吃更多的食物，所以在这段时间就常在空中盘旋着捕捉猎物，"征鸟"指的就是猛禽。尽管如此，这段时间梅花盛开，依旧为天地之间带来了春的消息。古人还有折梅送人以表达真挚感情的习俗，辛弃疾在这首词里就写到了折梅赠人寄托心意的举动。

词人写道：梅花在春天百花盛开之前绽放，在天寒地冻的时候出现在人间。冬日的月光一定很熟悉梅花，而梅花也将最早感受到春天的气息。这里的主人很喜欢梅花，不管梅妃怎么抱怨，他也要折下花朵繁茂的那枝，插在壶中供人玩赏。

"江妃"是唐玄宗的宠妃，因为喜欢梅花而被称为"梅妃"。"冰壶荐"

[清]石涛

就是将梅花插入盛满冰的玉壶，这里也用来形容梅花的高洁。

冰壶经常在古词中出现，比如"天如洗。金波冷浸冰壶里""夜醉渊明把菊图。宿醒扶晓又冰壶""帘卷翠屏山曲。照眼冰壶寒并玉""照野霜凝，入河桂湿，一一冰壶相映""人间底事，忽惊飞坠，冰壶千里"等。

念奴娇

◎ 宋·秦观

千门明月，天如水，正是人间佳节。开尽小梅春气透，花烛家家罗列。来往绮罗，喧阗箫鼓，达旦何曾歇。少年当此，风光真是殊绝。

遥想二十年前，此时此夜，共绾同心结。窗外冰轮依旧在，玉貌已成长别。旧著罗衣，不堪触目，洒泪都成血。细思往事，只添镜里华发。

解 说

大寒三候，温度依旧很低，这段时间湖面上的冰一直冻结到很深的地方。在大寒前后往往是春节，古人在这段时间开始忙碌着准备庆祝春节。春节又叫"元日"，这首《念奴娇》就写到了庆祝元日时热闹、美好的气氛。

词人写道：皎洁的月光洒向千门万户，天色像水一样清澈，这时人间正在隆重地庆祝春节。梅花快凋谢了，已经有了春天的气息，家家户户点燃了花烛。往来的人们都穿着鲜艳的新衣，远处不时传来喧闹声、箫鼓声，欢声笑语一直到很晚都不停。少年的我过春节时，看到过那么多美好的场景。现在想起二十年前的时候，和妻子一起绾过一个同心结。如今窗外的月亮依旧

[清]金农

在，可我却再也看不到妻子的容颜了。不忍心再去看当年穿过的衣服，触景生情的泪水就像泣血一样让人难过。现在回想往事还有什么用呢？不过是又增加几分愁苦，多长几根白发罢了。

"冰轮"指月亮。"华发"就是斑白的头发。

描写元日的词句还有很多，比如"元日至人日，未有不阴时。新年叶气，无处人物不熙熙""柏绿椒红事事新。隔篱灯影贺年人。三茅钟动西窗晓，诗鬓无端又一春""密炬瑶霞光颤酒。翠柏红椒，细蒻青丝韭。且劝金樽千万寿"等。

附录

春有百花秋有月，夏有凉风冬有雪。

若无闲事挂心头，便是人间好时节。

◎立春 / 初候，东风解冻。二候，蛰虫始振。三候，鱼陟负冰。/

◎《感皇恩》【宋·陆游】

春色到人间，彩幡初戴。正好春盘细生菜。一般日月，只有仙家偏耐。雪霜从点鬓，朱颜在。

温诏鼎来，延英催对。凤阁鸾台看除拜。对衣裁稳，恰称球纹新带。个时方旋了、功名债。

◎《小重山》【宋·毛滂】

谁劝东风腊里来。不知天待雪，恼江梅。东郊寒色尚徘徊。双彩燕，飞傍鬓云堆。
玉冷晓妆台。宜春金缕字，拂香腮。红罗先绣踏青鞋。春犹浅，花信更须催。

◎《生查子》【宋·欧阳修】

去年元夜时，花市灯如昼。月到柳梢头，人约黄昏后。
今年元夜时，月与灯依旧。不见去年人，泪满春衫袖。

◎《蓦山溪》【宋·毛滂】

婵娟不老，依旧东风面。华烛下珠轷，盛寒里、春光一片。不教暮景，也似每常来，水精宫，银色界，今夜分明见。
碧街如水，人影花凌乱。谁在柳阴中，小妆寒、落梅数点。诗翁独倚，十二玉阑干，露濛濛，云冉冉，千嶂琉璃浅。

◎《孤雁儿》【宋·李清照】

藤床纸帐朝眠起。说不尽、无佳思。沉香断续玉炉寒，伴我情怀如水。笛里三弄，梅心惊破，多少春情意。
小风疏雨萧萧地。又催下、千行泪。吹箫人去玉楼空，肠断与谁同倚。一枝折得，人间天上，没个人堪寄。

◎《西江月》【宋·苏轼】

玉骨那愁瘴雾，冰姿自有仙风。海仙时遣探芳丛。倒挂绿毛么凤。
素面翻嫌粉涴，洗妆不褪唇红。高情已逐晓云空。不与梨花同梦。

◎ 雨 水 / 初候，獭祭鱼。二候，候雁北。三候，草木萌动。/

◎《杨柳枝》【唐·白居易】

一树春风万万枝。嫩于金色软于丝。永丰南角荒园里，尽日无人属阿谁。

◎《望江南》【南唐·李煜】

多少恨，昨夜梦魂中。还似旧时游上苑，车如流水马如龙。花月正春风。

◎《更漏子》【宋·张先】

杜陵春，秦树晚。伤别更堪临远。南去信，欲凭谁。归鸿多北归。
小桃枝，红蓓发。今夜昔时风月。休苦意，说相思。少情人不知。

◎《八声甘州》【宋·何梦桂】

倚阑干立尽，看东风、吹度柳绵飞。怕杜鹃啼杀，江南雁杳，游子何之。梦断扬
州芍药，落尽簇红丝。歌吹今何在，一曲沾衣。
往事不堪重省，记柳边深巷，花外幽墀。把菱花独照，脂粉总慵施。怅春归、留
春未住，奈春归、不管玉颜衰。伤心事，都将分付，榆砌苔矶。

◎《女冠子》【唐·牛峤】

星冠霞帔。住在蕊珠宫里。佩丁当。明翠摇蝉翼。纤珪理宿妆。
醮坛春草绿，药院杏花香。青鸟传心事，寄刘郎。

◎《清平乐》【南唐·李煜】

别来春半。触目柔肠断。砌下落梅如雪乱。拂了一身还满。
雁来音信无凭。路遥归梦难成。离恨恰如春草，更行更远还生。

◎ 惊 蛰　/ 初候，桃始华。二候，鸧鹒鸣。三候，鹰化为鸠。 /

◎《渔家傲》【宋·王安石】

隔岸桃花红未半。枝头已有蜂儿乱。惆怅武陵人不管。清梦断。亭亭伫立春宵短。

◎《虞美人》【宋·叶梦得】

梅花落尽桃花小。春事馀多少。新亭风景尚依然。白发故人相遇、且留连。

家山应在层林外。怅望花前醉。半天烟雾尚连空。唤取扁舟归去、与君同。

◎《清平乐》【唐·韦庄】

绿杨春雨。金线飘千缕。花拆香枝黄鹂语。玉勒雕鞍何处。

碧窗望断燕鸿。翠帘睡眼溟濛。宝瑟谁家弹罢，含悲斜倚屏风。

◎《菩萨蛮》【宋·王安石】

数家茅屋闲临水。单衫短帽垂杨里。今日是何朝。看予度石桥。

梢梢新月偃。午醉醒来晚。何物最关情。黄鹂三两声。

◎《梦江南》【唐·皇甫松】

兰烬落，屏上暗红蕉。闲梦江南梅熟日，夜船吹笛雨萧萧。人语驿边桥。

◎《丑奴儿》【宋·方千里】

凌波台畔花如剪，几点吴霜。烟淡云黄。东阁何人见晚妆。

江南春近书千里，谁寄清香。别墅横塘。鼓角声中又夕阳。

◎ 春 分 　/ 初候，玄鸟至。二候，雷乃发声。三候，始电。/

◎《沁园春》【宋·辛弃疾】

我醉狂吟，君作新声，倚歌和之。算芬芳定向，梅间得意，轻清多是，雪里寻思。
朱雀桥边，何人会道，野草斜阳春燕飞。都休问，甚元无霁雨，却有晴霓。
诗坛千丈崔嵬。更有笔如山墨作溪。看君才未数，曹刘敌手，风骚合受，屈宋降
旗。谁识相如，平生自许，慷慨须乘驷马归。长安路，问垂虹千柱，何处曾题。

◎《武陵春》【宋·万俟咏】

燕子飞来花在否，微雨退、掩重门。正满院梨花雪照人。独自个、怯黄昏。
轻风淡月总消魂。罗衣暗惹啼痕。谩觑著、秋千腰褪裙。可瞩是、不宜春。

◎《燕归梁》【宋·朱敦儒】

帐掩秋风一半开。闲将玉笛吹。过云微雨散轻雷。夜参差、认楼台。
暗香移枕新凉住，竹外漏声催。放教明月上床来。共清梦、两徘徊。

◎《点绛唇》【宋·张元幹】

春晓轻雷，采蘋洲上清明雨。乱云遮树。暗淡江村路。
今夜归舟，绿润红香处。遥山暮。画楼何许。唤取潮回去。

◎《蝶恋花》【宋·史达祖】

二月东风吹客袂。苏小门前，杨柳如腰细。胡蝶识人游冶地。旧曾来处花开未。
几夜湖山生梦寐。评泊寻芳，只怕春寒里。令岁清明逢上巳。相思先到溅裙水。

◎《采桑子》【宋·欧阳修】

清明上巳西湖好，满目繁华。争道谁家。绿柳朱轮走钿车。
游人日暮相将去，醒醉喧哗。路转堤斜。直到城头总是花。

◎ 清 明 / 初候，桐始华。二候，田鼠化鴽。三候，虹始见。/

◎《锁窗寒》【宋·周邦彦】

暗柳啼鸦，单衣伫立，小帘朱户。桐花半亩，静锁一庭愁雨。洒空阶、夜阑未休，
故人剪烛西窗语。似楚江暝宿，风灯零乱，少年羁旅。

迟暮。嬉游处。正店舍无烟，禁城百五。旗亭唤酒，付与高阳俦侣。想东园、桃
李自春，小唇秀靥今在否。到归时、定有残英，待客携尊俎。

◎《木兰花慢》【宋·柳永】

拆桐花烂漫，乍疏雨、洗清明。正艳杏烧林，缃桃绣野，芳景如屏。倾城。尽寻
胜去，骤雕鞍绀幰出郊坰。风暖繁弦脆管，万家竞奏新声。

盈盈。斗草踏青。人艳冶、递逢迎。向路傍往往，遗簪堕珥，珠翠纵横。欢情。
对佳丽地，信金罍罄竭玉山倾。拚却明朝永日，画堂一枕春醒。

◎《浣溪沙》【宋·苏轼】

风压轻云贴水飞。乍晴池馆燕争泥。沈郎多病不胜衣。

沙上不闻鸿雁信，竹间时听鹧鸪啼。此情惟有落花知。

◎《醉落魄》【宋·朱敦儒】

海山翠叠，夕阳殷雨云堆雪。鹧鸪声里蛮花发。我共扁舟，江上两萍叶。

东风落酒愁难说。谁教春梦分胡越。碧城芳草应销歇。曾识刘郎，惟有半弯月。

◎《水调歌头》【宋·赵善括】

雨霁彩虹卧，半夜水明楼。太湖极目，四面水尽是天流。几点鲈乡荻浦，万里鲸
波雪浪，掀舞小渔舟。金饼挂蟾魄，时景正中秋。

钓纶轻，兰棹稳，笑王侯。一蓑一笠，得意何必美封留。纵使金章鼎贵，何似玉
樽倾倒，一醉可消愁。玉女在何许，唤起与同游。

◎《摸鱼儿》【宋·王沂孙】

玉帘寒、翠痕微断，浮空清影零碎。碧芽也抱春洲怨，双卷小缄芳字。还又似。
系罗带相思，几点青钿缀。吴中旧事。怅酪乳争奇，鲈鱼谩好，谁与共秋醉。

江湖兴，昨夜西风又起。年年轻误归计。如今不怕归无准，却怕故人千里。何况
是。正落日垂虹，怎赋登临意。沧浪梦里。纵一舸重游，孤怀暗老，馀恨渺烟水。

◎ 谷 雨 /初候，萍始生。二候，鸣鸠拂羽。三候，戴胜降于桑。/

◎《法曲献仙音》【宋·张炎】

梅失黄昏，雁惊白昼，脉脉斜飞云表。絮不生萍，水疑浮玉，此景正宜舒啸。记夜悄、曾乘兴，何必见安道。

系船好。想前村、未知甚处。吟思苦，谁游灞桥路杳。清饮一瓢寒，又何妨、分傍茶灶。野屋萧萧，任楼中、低唱人笑。渐东风解冻，怕有桃花流到。

◎《朝中措》【宋·吴文英】

吴山相对越山青。湘水一春平。粉字情深题叶，红波香染浮萍。

朝云暮雨，玉壶尘世，金屋瑶京。晚雨西陵潮讯，沙鸥不似身轻。

◎《酒泉子》【唐·韦庄】

月落星沉。楼上美人春睡。绿云倾，金枕腻。画屏深。

子规啼破相思梦。曙色东方才动。柳烟轻，花露重。思难任。

◎《谒金门》【宋·吕渭老】

人已老。春亦不留些少。花尽叶长蚕又抱。子规啼未了。

往事不论多少。且向尊前一笑。白发满头愁已到。路长波渺渺。

◎《忆秦娥》【宋·刘克庄】

游人绝。绿阴满野芳菲歇。芳菲歇。养蚕天气，采茶时节。

枝头杜宇啼成血。陌头杨柳吹成雪。吹成雪。淡烟微雨，江南三月。

◎《定风波》【宋·辛弃疾】

少日春怀似酒浓。插花走马醉千钟。老去逢春如病酒。唯有。茶瓯香篆小帘栊。

卷尽残花风未定。休恨。花开元自要春风。试问春归谁得见。飞燕。来时相遇夕阳中。

◎立夏 /初候，蝼蝈鸣。二候，蚯蚓出。三候，王瓜生。/

◎《临江仙》【南唐·李煜】

樱桃落尽春归去，蝶翻金粉双飞。子规啼月小楼西。画帘珠箔，惆怅卷金泥。

别巷寂寥人去后，望残烟草低迷。炉香闲袅凤凰儿。空持罗带，回首恨依依。

◎《杨柳枝》【唐·皇甫松】

烂漫春归水国时。吴王宫殿柳丝垂。黄莺长叫空闺畔，西子无因更得知。

◎《潇湘忆故人慢》【宋·王安礼】

薰风微动，方樱桃弄色，萱草成窠。翠帏敞轻罗。试冰簟初展，几尺湘波。疏帘广厦，寄潇洒、一枕南柯。引多少，梦中归绪，洞庭雨棹烟蓑。

惊回处，闲昼永，但时时，燕雏莺友相过。正绿影婆娑。况庭有幽花，池有新荷。青梅煮酒，幸随分、赢得高歌。功名事、到头终在，岁华忍负清和。

◎《望江南》【宋·谢逸】

临川好，柳岸转平沙。门外澄江丞相宅，坛前乔木列仙家。春到满城花。

行乐处，舞袖卷轻纱。谩摘青梅尝煮酒，旋煎白雪试新茶。明月上檐牙。

◎《齐天乐》【宋·文天祥】

南楼月转银河曙，玉箫又吹梅早。鹦鹉沙晴，葡萄水暖，一缕燕香清袅。瑶池春透。想桃露霏霞，菊波沁晓。袍锦风流，御仙花带瑞虹绕。

玉关人下未老。唤矶头黄鹤，岸巾谈笑。剑拂准清，槊横楚黛，雨洗一川烟草。印黄似斗。看半砚蔷薇，满鞍杨柳。沙路归来，金貂蝉翼小。

◎《青玉案》【宋·吴文英】

短亭芳草长亭柳。记桃叶，烟江口。今日江村重载酒。残杯不到，乱红青冢，满地闲春绣。

翠阴曾摘梅枝嗅。还忆秋千玉葱手。红索倦将春去后。蔷薇花落，故园胡蝶，粉薄残香瘦。

◎ 小 满 /初候，苦菜秀。二候，靡草死。三候，麦秋至。/

◎《虞美人》【宋·叶梦得】

绿阴初过黄梅雨。隔叶闻莺语。睡余谁遣夕阳斜。时有微凉风动、入窗纱。
天涯走遍终何有。白发空搔首。未须锦瑟怨年华。为寄一声长笛、怨梅花。

◎《清平乐》【宋·朱淑真】

恼烟撩露。留我须臾住。携手藕花湖上路。一霎黄梅细雨。
娇痴不怕人猜。随群暂遣愁怀。最是分携时候，归来懒傍妆台。

◎《少年游》【宋·苏轼】

银塘朱槛麹尘波。圆绿卷新荷。兰条荐浴，菖花酿酒，天气尚清和。
好将沉醉酬佳节，十分酒、一分歌。狱草烟深，讼庭人悄，无吝宴游过。

◎《满江红》【宋·刘克庄】

梅雨初收，浑不辨、东陂南荡。清旦里、鼓铙动地，车轮空巷。画舫稍渐京辇俗，
红旗会踏吴儿浪。共葬鱼娘子斩蛟翁，穷欢赏。
麻与麦，俱成长。蕉与荔，应来享。有累臣泽畔，感时惆怅。纵使菖蒲生九节，
争如白发长千丈。但浩然一笑独醒人，空悲壮。

◎《念奴娇》【宋·石孝友】

麦秋天气，正玉杓斡暑，熏弦鸣律。浴佛生朝初过也，还数佳辰三日。筮水呈祥，
梦熊叶庆，宝运符千一。太平朝野，异人端为时出。
须信家世蝉联，乃翁遗范在，子孙逢吉。雾隐巢云聊寄傲，行矣飞英腾实。瀑布
泉清，炉峰气秀，光映霞觞溢。萱堂争看，彩衣红堕双橘。

◎《水调歌头》【宋·张元幹】

雨断翻惊浪，山暝拥归云。麦秋天气，聊泛征棹泊江村。不羡腰间金印，却爱吾
庐高枕，无事闭柴门。搔首烟波上，老去任乾坤。
白纶巾，玉尘尾，一杯春。性灵陶冶，我辈犹要个中人。莫变姓名吴市，且向渔
樵争席，与世共浮沈。目送飞鸿去，何用画麒麟。

◎芒 种 /初候，螳螂生。二候，鵙始鸣。三候，反舌无声。/

◎《渔家傲》【宋·欧阳修】

五月榴花妖艳烘。绿杨带雨垂垂重。五色新丝缠角粽。金盘送。生绡画扇盘双凤。
正是浴兰时节动。菖蒲酒美清尊共。叶里黄鹂时一弄。犹曹怂。等闲惊破纱窗梦。

◎《清平乐》【宋·刘克庄】

纤云扫迹。万顷玻璃色。醉跨玉龙游八极。历历天青海碧。
水晶官殿飘香。群仙方按霓裳。消得几多风露，变教人世清凉。

◎《鹧鸪天》【宋·朱淑真】

独倚阑干昼日长。纷纷蜂蝶斗轻狂。一天飞絮东风恶，满路桃花春水香。
当此际，意偏长。萋萋芳草傍池塘。千钟尚欲偕春醉，幸有荼蘼与海棠。

◎《锁寒窗》【宋·王沂孙】

趁酒梨花。催诗柳絮。一窗春怨，疏疏过雨。洗尽满阶芳片，数东风二十四番。
几番误了西园宴？认小帘朱户。不如飞去。旧窠双燕。
曾见。双蛾浅，自别后。多应黛痕不展，扑蝶花阴。怕看题诗团扇，试凭他流水
寄情。溯红不到春更远，但无聊病酒厌厌。夜月荼蘼院。

◎《阮郎归》【宋·周紫芝】

月棂疏影照婵娟。闲临小玉盘。枣花金钏出纤纤。棋声敲夜寒。
飞霰冷，水精圆。夜深人未眠。笑催炉兽暖衾鸳。莫教银漏残。

◎《江城子》【宋·秦观】

枣花金钏约柔荑。昔曾携。事难期。咫尺玉颜，和泪锁春闺。恰似小园桃与李，
虽同处，不同枝。
玉笙初度颤鸾篦。落花飞。为谁吹。月冷风高，此恨只天知。任是行人无定处，
重相见，是何时。

◎ 夏 至 /初候，鹿角解。二候，蜩始鸣。三候，半夏生。/

◎《南歌子》【宋·李清照】

天上星河转，人间帘幕垂。凉生枕簟泪痕滋。起解罗衣、聊问夜何其。
翠贴莲蓬小，金销藕叶稀。旧时天气旧时衣。只有情怀、不似旧家时。

◎《虞美人》【宋·陈克】

踏车不用青裙女。日夜歌声苦。风流墨绶强跻攀。唤起潜蛟飞舞、破天悭。
公庭休更重门掩。细听催诗点。一尊已咏北窗风。卧看雪儿纤手、剥莲蓬。

◎《临江仙》【宋·赵长卿】

万里西风吹去旆，满城无奈离情。甘棠也似戴公深。晓来风露里，叶叶做秋声。
十载两番遗爱在，须知愁满宜春。楚天低处是归程。夕阳疏雨外，莫遣乱蝉鸣。

◎《水调歌头》【宋·葛长庚】

杜宇伤春去，蝴蝶喜风清。一犁梅雨，前村布谷正催耕。天际银蟾映水，谷口锦
云横野，柳外乱蝉鸣。人在斜阳里，几点晚鸦声。
采杨梅，摘卢橘，钉朱樱。奉陪诸友，今宵烂饮过三更。同入醉中天地，松竹森
森翠幄，酣睡绿苔茵。起舞弄明月，天籁奏箫笙。

◎《浣溪沙》【宋·朱敦儒】

风落芙蓉画扇闲。凉随春色到人间。乍垂罗幕乍飞鸾。
好把深杯添绿酒，休拈明镜照苍颜。浮生难得是清欢。

◎《蝶恋花》【宋·晏殊】

玉碗冰寒消暑气。碧簟纱厨，向午朦胧睡。莺舌惺忪如会意。无端画扇惊飞起。
雨后初凉生水际。人面荷花，的的遥相似。眼看红芳犹抱蕊。丛中已结新莲子。

◎ 小暑 /初候，温风至。二候，蟋蟀居壁。三候，鹰始挚。/

◎《浣溪沙》【宋·吕本中】

暖日温风破浅寒。短青无数簇幽栏。三年春在病中看。
中酒心情浑似梦，探花时候不曾闲。几年芳信隔秦关。

◎《南歌子》【宋·苏轼】

寸恨谁云短，绵绵岂易裁。半年眉绿未曾开。明月好风闲处、是人猜。
春雨消残冻，温风到冷灰。尊前一曲为谁哉。留取曲终一拍、待君来。

◎《水调歌头》【宋·辛弃疾】

四坐且勿语，听我醉中吟。池塘春草未歇，高树变鸣禽。鸿雁初飞江上，蟋蟀还
来床下，时序百年心。谁要卿料理，山水有清音。
欢多少，歌长短，酒浅深。而今已不如昔，后定不如今。闲处直须行乐，良夜更
教秉烛，高曾惜分阴。白发短如许，黄菊倩谁簪。

◎《兰陵王》【宋·秦观】

雨初歇。帘卷一钩淡月。望河汉，几点疏星，冉冉纤云度林樾。此景清更绝。谁
念温柔蕴结。孤灯暗，独步华堂，蟋蟀莎阶弄时节。
沈思恨难说。忆花底相逢，亲赠罗缬。春鸿秋雁轻离别。拟寻个锦鳞，寄将尺素，
又恐烟波路隔越。歌残唾壶缺。
凄咽。意空切。但醉损琼卮，望断蓬瑶阙。御沟曾解流红叶。待何日重见，霓裳
听彻。彩楼天远，夜夜襟袖染啼血。

◎《千秋岁》【宋·王之道】

薰风散雾。帘幕清无暑。萱草径，荷花坞。幽香浮几席，秀色侵庭庑。微雨过，
绿杨枝上珠成缕。
双燕飞还语。似庆良辰遇。醺美酒，烹肥莒。何妨饮且醉，共作斑衣舞。人竟报，
蟠桃已实君知否。

◎《南歌子》【宋·仲殊】

十里青山远，潮平陆带沙。数声啼鸟怨年华。又是凄凉时候、在天涯。
白露收残暑，清风衬晚霞。绿杨堤畔闹荷花。记得年时沽酒、那人家。

◎ 大暑 /初候，腐草为萤。二候，土润溽暑。三候，大雨时行。/

◎《三姝媚》【宋·王沂孙】

兰缸花半绽。正西窗凄凄，断萤新雁。别久逢稀，谩相看华发，共成销黯。总是飘零，更休赋、梨花秋苑。何况如今，离思难禁，俊才都减。

今夜山高江浅。又月落帆空，酒醒人远。彩袖乌纱，解愁人、惟有断歌幽婉。一信东风，再约看，红腮青眼。只恐扁舟西去，蘋花弄晚。

◎《月当厅》【宋·史达祖】

白璧旧带秦城梦，因谁拜下，杨柳楼心。正是夜分，鱼钥不动香深。时有露萤自照，占风裳、可喜影麸金。坐来久，都将凉意，尽付沉吟。

残云事绪无人舍，恨匆匆、药娥归去难寻。缀取雾窗，会唱几拍清音。犹有老来印愁处，冷光应念雪翻簪。空独对、西风紧，弄一井桐阴。

◎《诉衷情》【宋·毛滂】

短疏紫绿象床低。玉鸭度香迟。微云淡著河汉，凉过碧梧枝。

秋韵起，月阴移。下帘时。人间天上，一样风光，我与君知。

◎《念奴娇》【宋·刘过】

并肩楼上，小阑干、犹记年时凭处。百岁光阴弹指过，消得几番寒暑。鹊去桥空，燕飞钗在，不见穿针女。老怀凄断，夜凉知共谁诉。

不管天上人间，秋期月影，两处相思苦。闲揭纱窗人未寝，泪眼不曾晴雨。花落莲汀，叶喧梧井，孤雁应为侣。浩歌而已，一杯长记时序。

◎《柳梢青》【宋·杨无咎】

暴雨生凉。做成好梦，飞到伊行。几叶芭蕉，数竿修竹，人在南窗。

傍人笑我恓惶。算除是、铁心石肠。一自别来，百般宜处，都入思量。

◎《好事近》【宋·陆游】

秋晚上莲峰，高躅倚天青壁。谁与放翁为伴，有天坛轻策。

铿然忽变赤龙飞，雷雨四山黑。谈笑做成丰岁，笑禅龛柳栗。

◎立 秋 /初候，凉风至。二候，白露降。三候，寒蝉鸣。/

◎《秋风清》【唐·李白】

秋风清。秋月明。落叶聚还散，寒鸦栖复惊。相思相见知何日，此时此夜难为情。

◎《蝶恋花》【宋·苏轼】

昨夜秋风来万里。月上屏帏，冷透人衣袂。有客抱衾愁不寐。那堪玉漏长如岁。

羁舍留连归计未。梦断魂销，一枕相思泪。衣带渐宽无别意。新书报我添憔悴。

◎《柳梢青》【元·倪瓒】

楼上玉笙吹彻。白露冷、飞琼佩玦。黛浅含颦，香残栖梦，子规啼月。

扬州往事荒凉，有多少、愁萦思结。燕语空梁，鸥盟寒渚，画阑飘雪。

◎《渔家傲》【元·欧阳玄】

九月都城秋日亢。马头白露迎朝爽。曾向西山观苍莽。川原广。千林红叶同春赏。

一本黄花金十镪。富家菊谱签银榜。龙虎台前驼鼓响。擎仙掌。千官瓜果迎銮仗。

◎《采桑子》【南唐·冯延巳】

寒蝉欲报三秋候，寂静幽斋。叶落闲阶。月透帘栊远梦回。

昭阳旧恨依前在，休说当时。玉笛才吹。满袖猩猩血又垂。

◎《采桑子》【宋·晏几道】

前欢几处笙歌地，长负登临。月幌风襟。犹忆西楼著意深。

莺花见尽当时事，应笑如今。一寸愁心。日日寒蝉夜夜砧。

◎ 处 暑 /初候，鹰乃祭鸟。二候，天地始肃。三候，禾乃登。/

◎《遐方怨》【唐·温庭筠】

凭绣槛，解罗帷。未得君书，断肠潇湘春雁飞。不知征马几时归。海棠花谢也，
雨霏霏。

◎《虞美人》【宋·叶梦得】

平波涨绿春堤满。渡口人归晚。短篷轻楫费追寻。始信十年归梦、是如今。
故人回望高阳里。遥想车连骑。尊前点检旧年春。应有海棠、犹记插花人。

◎《望江南》【南唐·李煜】

闲梦远，南国正清秋。千里江山寒色远，芦花深处泊孤舟。笛在月明楼。

◎《曲玉管》【宋·柳永】

陇首云飞，江边日晚，烟波满目凭阑久。立望关河萧索，千里清秋。忍凝眸。杳
杳神京，盈盈仙子，别来锦字终难偶。断雁无凭，冉冉飞下汀洲。思悠悠。
暗想当初，有多少、幽欢佳会，岂知聚散难期，翻成雨恨云愁。阻追游。每登山
临水，惹起平生心事，一场消黯，永日无言，却下层楼。

◎《浣溪沙》【宋·范成大】

十里西畴熟稻香。槿花篱落竹丝长。垂垂山果挂青黄。
浓雾知秋晨气润，薄云遮日午阴凉。不须飞盖护戎装。

◎《满江红》【宋·刘克庄】

笳鼓春城，处处有、丰年语笑。浑忘却、金莲前导，青藜下照。白雪唱来偏寡和，
朱颜老去难重少。羡遨头、四十已专城，真英妙。
奎文焕，崇儒教。田毛喜，宽租诏。有舂陵之什，无潮州表。怪雨盲风稀发作，
华星秋月争光耀。看来年、此夜侍端门，开佳兆。

◎白露 /初候，鸿雁来。二候，玄鸟归。三候，群鸟养羞。/

◎《满庭芳》【宋·秦观】

碧水惊秋，黄云凝暮，败叶零乱空阶。洞房人静，斜月照徘徊。又是重阳近也，
几处处、砧杵声催。西窗下，风摇翠竹，疑是故人来。

伤怀。增怅望，新欢易失，往事难猜。问篱边黄菊，知为谁开。谩道愁须殢酒，
酒未醒、愁已先回。凭阑久，金波渐转，白露点苍苔。

◎《水调歌头》【宋·刘辰翁】

此夕酹江月，犹记濯缨秋。濯缨又去如水，安得主人留。旧日登楼长笑，此日新
亭对泣，秃鬓冷飕飕。木落下极浦，渔唱发中洲。

芙蓉阙，鸳鸯阁，凤凰楼。夜深白露纷下，谁见湿萤流。自有此生有客，但恨有
鱼无酒，不了一生浮。重省看潮去，今夕是杭州。

◎《谒金门》【五代·牛希济】

秋已暮。重叠关山歧路。嘶马摇鞭何处去。晓禽霜满树。

梦断禁城钟鼓。泪滴枕檀无数。一点凝红和薄雾。翠蛾愁不语。

◎《西江月》【宋·毛滂】

雨后夹衣初冷，霜前细菊浑斑。觚棱清月绣团环。万里长安秋晚。

槽下内家玉滴，盘中江国金丸。春容著面作微殷。烛影红摇醉眼。

◎《忆秦娥》【宋·何梦桂】

伤离别。江南雁断音书绝。音书绝。两行珠泪，寸肠千结。

伤心长记中秋节。今年还似前年月。前年月。那知今夜，月圆人缺。

◎《水调歌头》【宋·王之道】

颢气遍寰宇，风露逼衣裘。中秋昨夜，明月千里满西楼。人道当年今日，海上骑
鲸仙客，乘兴下瀛州。雅志在扶世，来佐紫宸游。

庙堂上，须早计，要嘉谋。牙床锦帐，三岁江北叹淹留。好在蟹螯如臂，判取兵
厨百斛，与客醉瑶舟。待得蟠桃熟，相约访浮丘。

◎ 秋 分 / 初候，雷始收声。二候，蛰虫坏户。三候，水始涸。/

◎《谢新恩》【南唐·李煜】

冉冉秋光留不住。满阶红叶暮。又是过重阳，台榭登临处。茱萸香坠紫，
菊气飘庭户。晚烟笼细雨。雍雍新雁咽寒声，愁恨年年长相似。

◎《愁倚阑》【宋·石孝友】

淮水阔，楚山长。恨难量。不道愁离人独夜，更天凉。
佳节虚过重阳。更篱下、拆尽疏黄。看取清溪三百曲，是回肠。

◎《点绛唇》【宋·叶梦得】

山上飞泉，漫流山下知何处。乱云无数。留得幽人住。
深闭柴门，听尽空檐雨。秋还暮。小窗低户。惟有寒蛩语。

◎《菩萨蛮》【宋·朱淑贞】

秋声乍起梧桐落。蛩吟唧唧添萧索。欹枕背灯眠。月和残梦圆。
起来钩翠箔。何处寒砧作。独倚小阑干。逼人风露寒。

◎《江神子》【宋·吴文英】

一声玉磬下星坛。步虚阑。露华寒。平晓阿香，油壁碾青鸾。应是老鳞眠不得，
云炮落，雨飘翻。
身闲犹耿寸心丹。炷炉烟。暗祈年。随处蛙声，鼓吹稻花田。秋水一池莲叶晚，
吟喜雨，拍阑干。

◎《念奴娇》【宋·张元幹】

寒销素壁，露华浓、群玉峰峦如洗。明镜池开秋水净，冷浸一天空翠。荷芰波生，
菰蒲风动，惊起鱼龙戏。山河影里，十分光照人世。
谁似老子痴顽，胡床欹坐，自引壶觞醉。醉里悲歌歌未彻，屋角乌飞星坠。对影
三人，停杯一问，谁解骑鲸意。玉京何处，翠楼空锁十二。

◎ 寒 露 　/初候，鸿雁来宾。二候，雀入大水为蛤。三候，菊有黄华。/

◎《水调歌头》【宋·苏辙】

离别一何久，七度过中秋。去年东武今夕，明月不胜愁。岂意彭城山下，同泛清河古汴，船上载凉州。鼓吹助清赏，鸿雁起汀洲。

坐中客，翠羽帔，紫绮裘。素娥无赖，西去曾不为人留。今夜清尊对客，明夜孤帆水驿，依旧照离忧。但恐同王粲，相对永登楼。

◎《清平乐》【宋·晏殊】

红笺小字。说尽平生意。鸿雁在云鱼在水。惆怅此情难寄。

斜阳独倚西楼。遥山恰对帘钩。人面不知何处，绿波依旧东流。

◎《锦香囊》【宋·欧阳修】

一寸相思无著处。甚夜长难度。灯花前、几转寒更，桐叶上、数声秋雨。

真个此心终难负。况少年情绪。已交共、春茧缠绵，终不学、钿筝移柱。

◎《念奴娇》【宋·姜夔】

楚山修竹，自娟娟、不受人间袢暑。我醉欲眠伊伴我，一枕凉生如许。象齿为材，花藤作面，终是无真趣。梅风吹溽，此君直恁清苦。

须信下榻殷勤，脩然成梦，梦与秋相遇。翠袖佳人来共看，漠漠风烟千亩。蕉叶窗纱，荷花池馆，别有留人处。此时归去，为君听尽秋雨。

◎《浣溪沙》【宋·苏轼】

缥缈危楼紫翠间。良辰乐事古难全。感时怀旧独凄然。

璧月琼枝空夜夜，菊花人貌自年年。不知来岁与谁看。

◎《虞美人》【宋·张元幹】

广寒蟾影开云路。目断愁来处。菊花轻泛玉杯空。醉后不知星斗、乱西东。

今宵入梦阳台雨。谁忍先归去。酒醒长是五更钟。休念旧游吹帽、几秋风。

◎ 霜 降 /初候，豺乃祭兽。二候，草木黄落。三候，蛰虫咸俯。/

◎《朝中措》【宋·朱敦儒】

当年弹铗五陵间。行处万人看。雪猎星飞羽箭，春游花簇雕鞍。
飘零到此，天涯倦客，海上苍颜。多谢江南苏小，尊前怪我青衫。

◎《凄凉犯》【宋·张炎】

萧疏野柳嘶寒马，芦花深、还见游猎。山势北来，甚时曾到，醉魂飞越。酸风自
咽。拥吟鼻、征衣暗裂。正凄迷，天涯羁旅，不似灞桥雪。
谁念而今老，懒赋长杨，倦怀休说。空怜断梗梦依依，岁华轻别。待击歌壶，怕
如意、和冰冻折。且行行，平沙万里尽是月。

◎《献仙音》【宋·周密】

松雪飘寒，岭云吹冻，红破数椒春浅。衬舞台荒，浣妆池冷，凄凉市朝轻换。叹
花与人凋谢，依依岁华晚。
共凄黯，问东风，几番吹梦，应惯识当年，翠屏金辇。一片古今愁，但废绿、平
烟空远。无语销魂，对斜阳、衰草泪满。又西泠残笛，低送数声春怨。

◎《卜算子》【宋·柳永】

江枫渐老，汀蕙半凋，满目败红衰翠。楚客登临，正是暮秋天气。引疏砧、断续
残阳里。对晚景、伤怀念远，新愁旧恨相继。
脉脉人千里。念两处风情，万重烟水。雨歇天高，望断翠峰十二。尽无言、谁会
凭高意。纵写得、离肠万种，奈归云谁寄。

◎《南歌子》【宋·陆游】

异县相逢晚，中年作别难。暮秋风雨客衣寒。又向朝天门外、话悲欢。
瘦马行霜栈，轻舟下雪滩。乌奴山下一林丹。为说三年常寄、梦魂间。

◎《桂枝香》【宋·王安石】

登临送目。正故国晚秋，天气初肃。千里澄江似练，翠峰如簇。归帆去棹残阳里，
背西风、酒旗斜矗。彩舟云淡，星河鹭起，画图难足。
念往昔、繁华竞逐。叹门外楼头，悲恨相续。千古凭高，对此谩嗟荣辱。六朝旧
事随流水，但寒烟、芳草凝绿。至今商女，时时犹唱，后庭遗曲。

◎立冬 /初候，水始冰。二候，地始冻。三候，雉入大水为蜃。/

◎《沁园春》【宋·文天祥】

同云笼覆，遍效原，一望苍茫无际。是处青山皆改色，姑射琼台初启。渔艇迷烟，樵柯失径，歉收点风霜厉。子猷短棹，三高祠畔堪系。

江城梦幻罗浮，踽步豪吟，东郭先生履。欲伴袁安营土室，高卧六花堆里。此是冰天，谁言水国，千古孤臣滋涕。芒苇首白，浑疑缟素刘季。

◎《武陵春》【宋·毛滂】

风过冰檐环佩响，宿雾在华茵。剩落瑶花衬月明。嫌怕有纤尘。

凤口衔灯金炫转，人醉觉寒轻。但得清光解照人。不负五更春。

◎《西江月》【宋·王之道】

雪后千林尚冻，城边一径微通。柳梢摇曳转东风。来看梅花应梦。

酒面初潮蚁绿，歌唇半启樱红。冰肌绰约月朦胧。仿佛暗香浮动。

◎《卜算子》【宋·沈端节】

踏雪探孤芳，只有诗人共。守定南枝待得开，不觉冰轮动。

却月与凌风，谩说扬州梦。想见雕阑曲沼边，残雪和烟冻。

◎《沁园春》【宋·刘过】

自注铜瓶，作梅花供，尊前数枝。说边头旧话，人生消得，几番行役，问我何之。小队红旗，黄金大印，直待封侯知几时。杯行处，且淋漓一醉，明日东西。

如椽健笔鸾飞。还为写春风陌上词。便平生豪气，销磨酒里，依然此乐，儿辈争知。霜重貂裘，夜寒如水，饮到月斜犹未归。仙山路，有笙簧度曲，声到琴丝。

◎《八声甘州》【宋·张炎】

记玉关踏雪事清游，寒气脆貂裘。傍枯林古道，长河饮马，此意悠悠。短梦依然江表，老泪洒西州。一字无题处，落叶都愁。

载取白云归去，问谁留楚佩，弄影中洲？折芦花赠远，零落一身秋。向寻常、野桥流水，待招来、不是旧沙鸥。空怀感、有斜阳处，却怕登楼。

◎ 小 雪 / 初候，虹藏不见。二候，天气升地气降。三候，闭塞成冬。/

◎《惜分飞》【宋·毛滂】

山转沙回江声小。望尽冷烟衰草。梦断瑶台晓。楚云何处英英好。
古寺黄昏人悄悄。帘卷寒堂月到。不会思量了。素光看尽桐阴少。

◎《感皇恩》【宋·朱敦儒】

曾醉武陵溪，竹深花好。玉佩云鬟共春笑。主人好事，坐客雨巾风帽。日斜青凤舞，金尊倒。
歌断渭城，月沉星晓。海上归来故人少。旧游重到。但有夕阳衰草，恍然真一梦，人空老。

◎《浣溪沙》【宋·张孝祥】

霜日明霄水蘸空。鸣鞘声里绣旗红。澹烟衰草有无中。
万里中原烽火北，一尊浊酒戍楼东。酒阑挥泪向悲风。

◎《红林檎近》【宋·周邦彦】

风雪惊初霁，水乡增暮寒。树杪堕飞羽，檐牙挂琅玕。才喜门堆巷积，可惜迤逦销残。渐看低竹翩翻。清池涨微澜。
步屧晴正好，宴席晚方欢。梅花耐冷，亭亭来入冰盘。对前山横素，愁云变色，放杯同觅高处看。

◎《阮郎归》【金·元好问】

帝城西下望西山。城居岁又残。万家风雪一家寒。青灯语夜阑。
人鲊瓮，鬼门关。无穷人往还。求官莫要近长安。长安行路难。

◎《天香》【宋·吴文英】

碧藕藏丝，红莲并蒂，荷塘水暖香斗。窈窕文窗，深沉书幔，锦瑟岁华依旧。洞箫韵里，同跨鹤、青田碧岫。菱镜妆台挂玉，芙蓉艳褥铺绣。
西邻障蓬澡手。共华朝、梦兰分秀。未冷绮帘犹卷，浅冬时候。秋到霜黄半亩。便准拟、携花就君酒。花酒年华，天长地久。

◎大雪 /初候，鹖鴠不鸣。二候，虎始交。三候，荔挺出。/

◎《朝中措》【宋·范成大】

东风半夜度关山。和雪到阑干。怪见梅梢未暖，情知柳眼犹寒。
青丝菜甲，银泥饼饵，随分杯盘。已把宜春缕胜，更将长命题幡。

◎《减字木兰花》【宋·张继先】

严寒冬月。前日阳生几降雪。松柏凌霄。森耸庭中叹后凋。
昔人犹豫。身入山林深静处。今古同符。好趁笙歌且自娱。

◎《定西番》【唐·牛峤】

紫塞月明千里，金甲冷，戍楼寒。梦长安。
乡思望中天阔。漏残星亦残。画角数声呜咽。雪漫漫。

◎《探春令》【宋·赵佶】

帘旌微动，峭寒天气，龙池冰泮。杏花笑吐香犹浅。又还是、春将半。
清歌妙舞从头按。等芳时开宴。记去年、对著东风，曾许不负莺花愿。

◎《菩萨蛮》【宋·吕本中】

登楼一望南山雪。使君风味如新月。月向雪前明。主人今夜情。
平生相与意。老病犹堪记。对酒为君欢。酒杯嫌未宽。

◎《梅花引》【宋·刘均国】

千里月，千山雪。梅花正落寒时节。一枝昂。一枝藏。清香冷艳、天赋与孤光。
孤光似被珠帘隔。风度烟遮好颜色。粉垂垂。玉累累。先春挺秀，不管百花知。
似霜结。与霜别。莫使幽人容易折。短墙边。矮窗前。横斜峭影，重叠斗婵娟。
黄昏惯听楼头角。只恐听时零乱落。醉来看。醒来看。萦绊丽人，潇洒倚阑干。

◎冬至 /初候，蚯蚓结。二候，麋角解。三候，水泉动。/

◎《满江红》【宋·范成大】

山绕西湖，曾同泛、一篙春绿。重会面、未温往事，先翻新曲。劲柏乔松霜雪后，知心惟有孤生竹。对荒园、犹解两高歌，空惊俗。

人更健，情逾熟。樱共柳，冰和玉。恐相逢如梦，夜阑添烛。别后书来空怅望，尊前酒到休拘束。笑箪瓢、未足已能狂，那堪足。

◎《临江仙》【明·刘基】

楼外西风将雨过，重门又掩黄昏。金兔香息被无温。繁思牵宿恨，愕梦怆离魂。
往事都随流水去，伤心欲共谁论。故家耆旧几人存。相思芳岁尽，霜雪满乾坤。

◎《高阳台》【宋·王沂孙】

驼褐轻装，狨鞯小队，冰河夜渡流澌。朔雪平沙，飞花乱拂蛾眉。琵琶已是凄凉调，更赋情、不比当时。想如今，人在龙庭，初劝金卮。

一枝芳信应难寄，向山边水际，独抱相思。江雁孤回，天涯人自归迟。归来依旧秦淮碧，问此愁、还有谁知。对东风，空似垂杨，零乱千丝。

◎《高阳台》【宋·周密】

照野旌旗，朝天车马，平沙万里天低。宝带金章，尊前茸帽风欺。秦关汴水经行地，想登临、都付新诗。纵英游，叠鼓清笳，骏马名姬。

酒酣应对燕山雪，正冰河月冻，晓陇云飞。投老残年，江南谁念方回？东风渐绿西湖岸，雁已还、人未南归。最关情，折尽梅花，难寄相思。

◎《暗香疏影》【宋·吴文英】

占春压一。卷峭寒万里，平沙飞雪。数点酥钿，凌晓东风□吹裂。独曳横梢瘦影，入广平、裁冰词笔。记五湖、清夜推篷，临水一痕月。

何逊扬州旧事，五更梦半醒，胡调吹彻。若把南枝，图入凌烟，香满玉楼琼阙。相将初试红盐味，到烟雨、青黄时节。想雁空、北落冬深，澹墨晚天云阔。

◎《瑞鹧鸪》【宋·晏殊】

江南残腊欲归时。有梅红亚雪中枝。一夜前村、间破瑶英拆，端的千花冷未知。丹青改样匀朱粉，雕梁欲画犹疑。何妨与向冬深，密种秦人路，夹仙溪。不待天桃客自迷。

◎ 小 寒 / 初候，雁北乡。二候，鹊始巢。三候，雉始鸲。/

◎《鹧鸪天》【宋·周紫芝】

读尽牙签玉轴书。不知门外有园蔬。借令未解銮坡去，也合雠书在石渠。
微雨后，小寒初。满斟长寿碧琳腴。不须更问荆州路，便上追锋御府车。

◎《望月婆罗门引》【金·王寂】

小寒料峭，一番春意换年芳。蛾儿雪柳风光。开尽星桥铁锁，平地泻银潢。记当
时行乐，年少如狂。
宦游异乡。对节物、只堪伤。冷落谯楼淡月，燕寝馀香。快呼伯雅，要洗我、穷
愁九曲肠。休更问、勋业行藏。

◎《风入松》【清·玄烨】

冲寒待腊雪花飘。词意并琴挑。嘉平岁暮春光近，朔风冽、袭暖狐貂。须晓民间
衣薄，那知官里宽饶。
隆冬气惨绛香烧。披览共仙韶。毡帘软幕凉还透，微云一抹散琼瑶。听得梅将开
也，先看绿萼清标。

◎《浣溪沙》【唐·韦庄】

惆怅梦余山月斜。孤灯照壁背窗纱。小楼高阁谢娘家。
暗想玉容何所似，一枝春雪冻梅花。满身香雾簇朝霞。

◎《粉蝶儿》【宋·毛滂】

雪遍梅花，素光都共奇绝。到窗前、认君时节。下重帏，香篆冷，兰膏明灭。梦
悠扬，空绕断云残月。
沈郎带宽，同心放开重结。褪罗衣、楚腰一捻。正春风，新著摸，花花叶叶。粉
蝶儿，这回共花同活。

◎《浣溪沙》【宋·王从叔】

水月精神玉雪胎。乾坤清气化生来。断桥流水领春回。
昨夜醉眠苔上石，天香冉冉下瑶台。起来窗外见花开。

◎大 寒 /初候，鸡始乳。二候，征鸟厉疾。三候，水泽腹坚。/

◎《鹧鸪天》【宋·朱敦儒】

检尽历头冬又残。爱他风雪忍他寒。拖条竹杖家家酒，上个篮舆处处山。
添老大，转痴顽。谢天教我老来闲。道人还了鸳鸯债，纸帐梅花醉梦间。

◎《水调歌头》【宋·张元幹】

袖手看飞雪，高卧过残冬。飘然底事春到，先我逐孤鸿。挟取笔端风雨，快写胸
中丘壑，不肯下樊笼。大笑了今古，乘兴便西东。
一尊酒，知何处，又相逢。奴星结柳，与君同送五家穷。好是橘封千户，正恐楼
高百尺，湖海有元龙。目光在牛背，马耳射东风。

◎《浣溪沙》【宋·方岳】

夜醉渊明把菊图。宿醒扶晓又冰壶。秋香留得伴双凫。
并日满浮金凿落，明年初赐玉茱萸。更书欲上有除书。

◎《水龙吟》【宋·叶梦得】

舵楼横笛孤吹，暮云散尽天如水。人间底事，忽惊飞坠，冰壶千里。玉树风清，
漫披遥卷，与空无际。料嫦娥此夜，殷勤偏照，知人在、千山里。
常恨孤光易转，仗多情、使君料理。一杯起舞，曲终须寄，狂歌重倚。为问飘流，
几逢清影，有谁同记。但尊中有酒，长追旧事，拚年年醉。

◎《鹧鸪天》【宋·姜夔】

柏绿椒红事事新。隔篱灯影贺年人。三茅钟动西窗晓，诗鬓无端又一春。
慵对客，缓开门。梅花闲伴老来身。娇儿学作人间字，郁垒神荼写未真。

◎《蝶恋花》【宋·黎廷瑞】

密炬瑶霞光颤酒。翠柏红椒，细翦青丝韭。且劝金樽千万寿。年时芳梦休回首。
小雨轻寒风满袖，下却帘儿，莫遣梅花瘦。万点鹅黄春色透。玉箫吹上江南柳。

图书在版编目（CIP）数据

读给孩子的时令古词 / 刘洋编著 .-- 北京：朝华
出版社,2021.4
ISBN 978-7-5054-4612-0

Ⅰ．①读… Ⅱ．①刘… Ⅲ．①词（文学）－作品集－中
国－古代－儿童读物 Ⅳ．① I222.82

中国版本图书馆 CIP 数据核字（2020）第 151382 号

读给孩子的时令古词

编　　著　刘　洋
绘　　图　[明]文徵明　等

出 版 人　汪　涛
选题策划　刘冰远　秦霁政
责任编辑　秦霁政
责任印制　陆竞赢
装帧设计　微言视觉

出版发行　朝华出版社
社　　址　北京市西城区百万庄大街24号　　邮政编码　100037
订购电话　（010）68996050　68996522
传　　真　（010）88415258（发行部）
联系版权　zhbq@cipg.org.cn
网　　址　http://zhcb.cipg.org.cn
印　　刷　文畅阁印刷有限公司
经　　销　全国新华书店
开　　本　710mm×1000mm　1/16　　字　　数　100千字
印　　张　12
版　　次　2021年4月第1版　2021年4月第1次印刷
装　　别　平
书　　号　ISBN 978-7-5054-4612-0
定　　价　45.00 元